Para Monseñor Jorge Patrón,
con mi agradecimiento por su
apoyo paternal y oración continua,
y ser un testimonio vivo de la
misericordia de Dios. Gracias por
ser recuerdo vivo de Jesús, Buen
Pastor.

En Jesús y María,

Javier Gaxiola L

Javier Gaxiola

EL ÚLTIMO RECUERDO

El último recuerdo
Javier Gaxiola

© Javier Gaxiola Loustaunau

Primera edición, 2015

Diseño de cubierta: Jonathan García. Foto: Daniil Peshkov
Maquetación de interiores: Raúl O. Leyva T. / Garabatos

ISBN: 978-607-7670-30-8

Para solicitar ejemplares:
pedidosultimorecuerdo@gmail.com

Javier Gaxiola

EL ÚLTIMO RECUERDO

EDITORIAL

GARABATOS
Sonora México

A Dios,
a mis hermanos legionarios
y a todos los seminaristas y sacerdotes del mundo.

168 Pine Street
Auburn CA
USA

1º de abril de 2014

Su Santidad, Papa Francisco
Palacio Apostólico
00120
Ciudad del Vaticano

Le escribo para comunicarle, para descanso mío y supongo que también de mis compañeros, que he decidido dejar el sacerdocio. Le ruego tenga a bien dispensarme de las obligaciones que contraje en su momento, puesto que no vale la pena mantenerlas. Por más que intenté recuperar el tiempo perdido no lo he logrado. He estado meses en esta situación y ya no puedo más. Anexo todos los documentos del hospital y de los psicólogos, así como las cartas de mis directores de Estados Unidos y de Roma, como evidencias de mi situación.

Una vez dicho esto, si no quiere seguir, no siga leyendo lo que cuento en las páginas adjuntas. Sin embargo, si dispone de tiempo, le ruego se lo tome para leer hasta el final lo que tengo que decirle. Creo que los doce años dedicados al servicio de Dios me dan, al menos, este último y único derecho. A lo mejor encuentra algo de interés en mi historia.

Atentamente,

Matthew Collins

Primera parte: **Impacto**

"Cuando creíamos que teníamos todas las respuestas,
de pronto, cambiaron todas las preguntas."
—Mario Benedetti

Cambio de planes

—¡Más vino para el cura!

—¡Quieren emborracharme!

—No, ¿cómo crees?... Bueno, un poco sí. Vamos Matteo, ¡estamos de fiesta, no en cuaresma!

—Está bien, un poco más. Sólo por esta vez.

Matthew Collins era un nuevo sacerdote, recién salido del horno. El aroma del santo crisma con que lo habían ungido seguía impregnado en sus manos. Lo delataba el temblor cuando celebraba la misa. Transpiraba una alegría especial y esbozaba una sonrisa nerviosa. La ordenación sacerdotal se había celebrado en Roma. Ahora se encontraba en Frosinone, un pueblo italiano donde lo habían asignado para dar catequesis como joven seminarista en sus años de formación. ¿La razón? Un festejo. Esa mañana había celebrado un cantamisa para las familias que a lo largo de esos años habían formado parte de su historia personal. En unos días partiría a su nuevo destino en Estados Unidos, su país natal.

Los feligreses más allegados se encargaron de prepararle un banquete por todo lo alto. Tiraron la casa por la ventana. Además del pretexto para agasajar a su seminarista consentido, el convivio era un modo de agradecerle su constante y dedicado trabajo durante los últimos años. Cuando llegó al pueblo por primera vez, no sabía ni siquiera hablar italiano. Los niños se reían cuando escuchaban sus accidentadas explicaciones y lo corregían constantemente. Eso a Matt nunca le importó y al parecer a ellos tampoco. El idioma no era un límite para él. Al contrario. Desde su primer viaje a Frosinone, el joven seminarista se había robado el corazón de todos.

Con su cara de impúber y sus americanos ojos azules recibía emocionado con abrazos, apretones de mejillas y lágrimas de nostálgica alegría las felicitaciones de sus conocidos. Los más cariñosos eran los abuelos y los niños, a quienes Matt había dedicado sus mejores horas. En Italia, los niños van con sus abuelos a la Iglesia porque los padres trabajan, o eso es lo que dicen.

—*Che bello*! *Auguri*! —le gritaba al oído una matrona italiana medio sorda que había adoptado a Matt desde el primer día que llegó a Frosinone. Matt fue para ella un hijo y nieto a la vez, con todo el consentimiento del joven sacerdote. Estando tan lejos de su casa, una madre-abuela adoptiva no le venía nada mal.

Todos sabían que Matt se iba en una semana. Lo que no sabían era si lo volverían a ver. Pasaron varias horas en una profusa y exuberante comilona. Los banquetes en Italia son tan artísticos y tan abundantes como su historia. Antipastos de *prosciutto* y *mozzarella di buffala*, dos tazones inundados de pasta, variedad de platillos fuertes obligatorios y creativas opciones de postres de la región. La sobremesa era un péndulo bipolar, que se columpiaba por tiempos entre lo dulce de las felicitaciones y lo amargo de las despedidas. Por fin la balanza se decantó hacia el último adiós de quienes quedaban.

—*Tieni* —le dijo Lucía, la madre-abuela, mientras le entregaba un viejo crucifijo italiano envuelto en un paño azul, tejido y bordado por ella misma. —Esto te recordará lo mucho que te quiero, lo mucho que te quiere Dios y será tu consuelo en momentos de infortunios.

Como pasa a menudo, las despedidas titulan a los iletrados y los convierten en poetas. Esta no era la excepción. Cada palabra pesaba. Una por una fueron cinceladas por la anciana como si se tratara de un verso. Matt también le regaló un crucifijo que llevaba en su chaqueta. No era cualquier crucifijo. Llevaba doce años con él. Aquella cruz era la señal que Matt recibió la noche de su llamado, cuando retó desesperadamente a Dios. Con esa cruz, Dios rompió su silencio.

—Esta cruz es muy especial. La recibí el día que Dios me llamó. Una larga historia. Significa mucho para mí, y quiero que me la cuides por un tiempo. Algún día volveré a necesitarla, pero ya sabes cómo soy de olvidadizo, y si me quedo con ella seguro la perderé. ¿Podrías cuidarla por mí?

Lucía asintió agradecida y le prometió cuidar al crucificado. Selló la despedida con un último abrazo y se fue llorando amargamente, como a quien le arrancan una parte de su alma. En las mejillas de Matt también se resbalaron algunas lágrimas como alambres. No porque llorara. Se las había arrancado el momento. Llevaba guardando emociones desde hacía una semana y las tenía encerradas y amordazadas en el arcón de su interior. Por fin tuvieron el pretexto para huir de su cárcel.

Siguió despidiéndose hasta del último niño y del último viejo, por más pequeños o ancianos que fueran. Con cada uno había levantado puentes y vivido experiencias inmortales. Cuando terminó, volteó sonriendo hacia el hermano seminarista que lo acompañaba y se excusó por la emotividad del momento en un español con olor a diccionario.

—¿Cómo ve a los italianos? Sentimentales, ¿no?

—No es para menos, Padre. Estuvo con ellos cinco años.

—Bueno, vámonos...

Matt le pidió las llaves del coche. De ida había preferido concentrarse en sus oraciones y ensayar su homilía. Ahora quería conducir el tan recorrido tramo por última vez. La carretera también quería despedirse.

—*Guido io.* Probablemente sea la última vez que lo haga.

Era la cúspide del invierno de 2013. Hacía cuatro años había llegado a Roma, al seminario de su congregación. Tuvo que aprender italiano y español simultáneamente y en pocas semanas, pues aunque el seminario estaba en Italia, el idioma oficial de su congregación era el español. Siempre se le había hecho injusto no poder hablar en inglés sin ser mal visto, pero los años habían pasado y con ellos sus batallas con los idiomas y pequeñeces del seminario. Ahora prefería hablar español o italiano, aunque lo hablara mal. Presumía que había olvidado el inglés, lo cual no era cierto. Son de esas mentiras que de tanto repetirlas, se acaban creyendo.

De regreso, el hermano que lo acompañaba se rindió al sueño, y Matt lo agradeció porque por fin tendría tiempo para pensar. Llevaba días sin digerir en su interior todo lo que había vivido. Después de años y años de estudio, viajes, trabajos y luchas era sacerdote. Recordaba sus primeras peleas contra él mismo cuando entró al seminario en los Estados Unidos. Había dejado su familia, el trabajo de sus sueños y una encantadora prometida en California, quien nunca entendió su vocación y siempre pensó que Matt había perdido el juicio. Para Debbie, el culpable de todo fue el Padre David, guía espiritual y mentor de Matt.

Conducía con cierta velocidad por la carretera contemplando extasiado los montes de la cordillera Lepina que dibujan el valle. Recordaba con añoranza los años en el seminario de Nueva York, de Roma y su trabajo en Frosinone. Se cerraba un gran capítulo y comenzaba uno mejor, según decían. Probablemente el más largo de su vida.

Llegó a un entronque y la vibración de su celular lo sacó abruptamente de su imaginaria máquina del tiempo. Hizo un alto ridículamente breve, y siguió avanzando a vuelta de rueda para girar a su izquierda. Entonces sucedió lo que cambiaría su vida entera y transformaría su futuro en un auténtico infierno. Un enorme camión de carga impactó con toda su fuerza e inercia la parte trasera del Golf gris que conducía, arrojando la compacta máquina fuera del entronque y lanzándola por el descampado al lado de la carretera. Matt no llevaba cinturón. Su cuerpo salió disparado contra el parabrisas, penetrándolo con su cabeza y cayó inconsciente sobre el cofre del coche. El sacudido cuerpo de Matt se encontraba boca abajo y el del hermano se quedó atrapado en el asiento del copiloto, pasando *ipso facto* del sueño a la inconsciencia. Pronto el sonido de las sirenas resonó en todo el valle.

New York Times

14 años atrás...

—Dos *toffee nut* grandes por favor.
—¿Con caramelo?
—Sí
—¿Crema batida?
-Sí
—¿Nombre?
—Matt y Debbie. No... Mejor escriba "New York Times".

La camarera le hizo ver con su sonrisa que aceptaba ser cómplice de su plan y escribió la petición en el vaso. Matt había quedado con su novia Debbie para tomar un café. La ocasión era una celebración. Hubiera preferido celebrar de otro modo, pero estaba ansioso por contarle a su novia lo que había sucedido aquella mañana. Después de medio año de graduarse, había conseguido el trabajo de sus sueños.

—¡Matthew!

Debbie abrazó a Matt y lo besó, mientras dejaba su enorme bolso en una de las sillas. Matt se había acomodado ya en una mesa, esperando que llamaran para recoger su orden.

—¡Estoy muerta! Tuve que quedarme después de clases a la junta del consejo de la escuela. Tortura absoluta.

—Pues llegaste a la hora exacta que te puse en el mensaje.

17

—Claro, bobo. Con ese mensaje lo único que quería era llegar. ¿Por qué tanto misterio? ¿Qué tanto tienes que decirme?

Debbie esperaba la propuesta de matrimonio de Matt desde hacía algunos meses. Habían salido durante toda la carrera y habían acordado varias veces que se casarían una vez terminados los estudios. Sabía que Matt era demasiado novelesco como para proponerle matrimonio en un café, pero seguro era parte de una elaborada estrategia romántica.

—¡New York Times! —gritó la camarera desde la zona de entregas de café. —¡New York Times!

Matt sonrió.

—Son los nuestros.

Se levantó a recoger los cafés, y los puso en la mesa.

—¿Qué es esto? —dijo Debbie tomando el vaso en sus manos.

—Me dieron el trabajo. ¡Hablas con el asistente del Editor en Jefe de la oficina del New York Times en Nueva York!

La reacción de Debbie no fue la que Matt esperaba. Era de esas veces que no hace falta leer los pensamientos; basta con ver la expresión de los rostros. Aun así, Matt estaba embelesado en su euforia y festejó plantándole un beso prolongado. Ese trabajo era el sueño que Matt había estado acariciando durante años. Soñaba con ser editor y ser asistente era un peldaño más hacia su meta. Había calculado cada pieza de la complicada pirámide editorial. Trabajó duro para conseguirlo. Era una escalera por la que no se podía subir con las manos en los bolsillos.

—¿Qué pasa? ¿No es genial?

—¡Sí! ¡Claro! ¡Pero nunca pensé que pasaría tan pronto!

—Me hablaron esta mañana. Quieren que empiece en dos semanas. Tengo que salir la semana entrante para buscar departamento y preparar todo lo necesario.

Debbie cambió la cara. No podía seguir disfrazando su drama. Hubiera preferido desaparecer en ese instante. Su mirada se congeló concentrándose en el vaso de café, temiendo que se derritiera en lágrimas al más mínimo movimiento. Matt tomó su mano entre las suyas. Sabía que no era fácil para ella. Para él tampoco lo era, pero en su caso, la separación era compensada con el trabajo de sus sueños. Era una elección; para Debbie sólo una renuncia.

—Mira —dijo Matt clavando sus ojos en los de su novia—, vendré cada quince días. Lo prometo. A no ser que quieras venir conmigo, lo cual me haría el hombre más feliz del mundo.

—¡No puedo irme a Nueva York!

—¿Por qué no?

—Mi vida está aquí, Matt. Mis padres, mis niños en la escuela, mis proyectos, mis cursos, mi casa...

—Pero eventualmente tendrías que dejar todo eso, ¿no? Cuando nos casemos, digo...

Debbie comprendía la situación. Matt estaba siguiendo su verdadero sueño, mientras que la boda pasaba a un segundo plano. Su vida junto a Matt en su adorado Auburn, California era una quimera. Matt nunca había querido enfrentar el tema. En el fondo porque no compartía el proyecto de vida de Debbie. Él quería volar mientras ella soñaba con el nido. Prefirió posponer la discusión hasta que fuera estrictamente necesaria. Hasta el día en que su sueño se convirtiera en realidad.

—Mira, esto es mucho para mí, y no entiendo porqué soy yo la que tengo que renunciar a todo para poder seguir juntos. No es justo, Matt. ¡Quédate tú!

—Pero Debbie, ¡es el New York Times!

Debbie quería demasiado a Matt como para perderlo en el café de la calle Lincoln. Sabía que Matt no dejaría la oportunidad de ese trabajo, pero ella tampoco estaba dispuesta a perderlo a él.

—¿Y yo no tengo palabra en todo esto? ¿No te importa mi opinión? Eres un egoísta.

Debbie no podía pasar un minuto más sin quebrarse y llorar, así que decidió marcharse del café. Se levantó, tomó su bolso y abandonó el local. Esperaba que Matt fuera detrás de ella, pero no sucedió.

Matt dedicó los siguientes días a pensar en lo que realmente quería. Cuando contemplaba su subida por los escaños del periodismo nunca se había puesto a pensar que elegir implicaba renunciar. Nunca se detuvo a pensar que tal vez para Debbie su ascenso sería una catástrofe. Amaba a Debbie como a nadie, no sólo por su manera de ser sino por lo que hacía de él cuando estaban juntos. No podía imaginar su vida sin ella, pero siempre creyó que lo seguiría a donde él fuera. Ahora se daba cuenta que la relación era de los dos, y ahí donde empezaba su idílico futuro terminaba el de ella. Compartían sus vidas sin tener el mismo sueño.

El mundo de Debbie se caía a pedazos. Pasaron días sin hablarse. Su rutina continuó su ritmo normal. A pesar de estar rodeada de gente todo el día, extrañaba la comunicación con Matt: sus mensajes, sus llamadas y sus largas conversaciones por las tardes. Se había acostumbrado a tenerlo a su lado y su ausencia desenmascaraba lo mucho que lo quería. Vivía un exilio voluntario, esperando que por fin Matt llegara a rescatarla y le dijera que tampoco él podía vivir sin ella.

—No puedes hablarle. Tiene que recapacitar.

Su mejor amiga Natalie se había convertido en su sombra desde aquella tarde en el café. Debbie necesitaba consejo, y Natalie era un gurú de las relaciones a pesar de llevar años soltera. Incoherencias de la vida.

—¡Ya no aguanto! —desahogó Debbie desesperada.

—Al menos un mensaje para que dé señales de vida. No puedo pasar un día más así. ¿Qué tal si se va? ¿Qué tal si piensa que no lo quiero lo suficiente? Tal vez debería simplemente apoyarlo y esperar. Tal vez la egoísta soy yo.

—No seas débil. Vamos a ver: tú eres la víctima aquí. Matt es un idiota. Que se dé cuenta de lo que está por perder. No le hables. Te lo prohíbo.

Natalie era la única tranca que impedía a Debbie correr hacia Matt y rogarle que volvieran a estar juntos. Pero por más que quisiera hacerlo, Natalie tenía razón. De nada servía volver a estar juntos mientras no zanjaran el asunto de la separación. Matt debía resolverlo.

Por más que intentaba traer paz a su interior no podía. No podía dejar de pensar en Matt. Decidió quemar un cartucho y hablar con su madre. Cosa que a esa edad, pocas mujeres suelen hacer. Pocas veces lo hacía, pero la situación lo ameritaba.

—Estoy confundida. ¿Qué hago?

—Mira, si fuera cualquier otro hombre te diría que lo dejaras y que no te merece... pero es Matt. Creo que se merece otra oportunidad. Además muchas parejas pasan un tiempo de su noviazgo a distancia. No es ley que la distancia pronostique un fracaso seguro. Mas bien es una prueba. Si la pasan, estarán listos para prometerse fidelidad en lo próspero y en lo adverso.

—¿Entonces le hablo?

—No, hija. Darle una oportunidad no significa que le pongas todo en bandeja de plata. Espera que te busque y escúchalo. Sigue lo que te dicte el corazón. Trata de apoyarlo y lleguen a acuerdos.

Debbie agradeció a su madre con abrazos mientras tomaba un pañuelo para secarse las lágrimas que se le habían escapado en medio de su plática madre-hija. Se tranquilizó de que su madre suscribiera sus más secretos sentimientos. Aguardaría pacientemente a la primera movida de Matt para demostrarle que era capaz de esperarlo con tal de no perderlo.

Una semana después, mientras Debbie volvía a su casa después del trabajo, encontró un ejemplar de periódico en el tapete de la entrada. —Extraño —pensó. Era medio día y el diario llegaba a primera hora en la mañana. Lo vio mientras buscaba las llaves en su bolso y lo levantó. Al abrirlo se dio cuenta del titular: "¡Perdóname!: soy un idiota". Sonrió y comenzó a buscar a su alrededor. No encontró a nadie. Siguió leyendo la noticia del misterioso diario. "El patán de Matt Collins fue desconsiderado y egoísta al pensar que su novia debía aceptar sin más su ascenso y su traslado a Nueva York. Ruega a su novia que lo perdone". El artículo estaba acompañado con una foto de Matt sosteniendo un ramo de rosas con cara de cachorro abandonado. Debbie siguió sonriendo y abrió la puerta de su casa. Al abrir, Matt la esperaba con un ramo de rosas en el vestíbulo, tal como aparecía en primera plana.

—¿Me perdonas?

Debbie se lanzó hacia él y dejó caer al piso todo lo que ocupaba sus manos. Se colgó de su cuello como si no lo hubiera visto en meses.

—Sí, perdono al patán.

—Mira. Lo pensé y tienes razón. No pensé en ti. Fui egoísta y no había necesidad de apresurar las cosas. Te amo demasiado como para perderte por esto. Pero necesito que me ayudes, Debbie. Tú siempre me has dicho lo que tengo que hacer. Dime qué hacer ahora, porque no lo sé.

A pesar de los consejos de su amiga, Debbie ya había decidido apoyar a Matt. Aun así, debía asegurarse de que la distancia no los separaría.

—Creo que debes ir a Nueva York. Es una gran oportunidad para ti. Pero dame un año para pensar qué debo hacer yo. Necesito saber qué quiero yo, Matt. Eso no significa que tenemos que separarnos. Seguiremos tan unidos como ahora. La distancia nos hará más fuertes. Prométeme que vendrás a verme y que estaremos juntos para siempre.

Debbie proponía una relación a distancia. Matt nunca lo había pensado. Primero porque nunca la necesitó, pero además porque no creía en ella. Sus series de televisión favoritas ridiculizaban pertinazmente las relaciones a distancia. Sus amigos de universidad fueron siempre protagonistas reales de fracasos amorosos por haber dejado sus relaciones en pausa, y ahora él estaba por hacerlo. Sin embargo, Debbie era la mujer con quien deseaba pasar el resto de sus días. No existía otra para él. Tenían tanto en común y llevaban juntos más de cinco años. Su hermosa cara y sus ojos llenos de esperanza lo obligaron a prometer.

—Por supuesto, amor. Seguiremos viéndonos. Será una prueba más.

El cerebro es impredecible

Cuando despertó, lo primero que vio fue una enorme lámpara en el techo y las cortinas con que dividen las camillas en las salas de reanimación. La camilla estaba rodeada de aparatos por todas partes, cada uno de los cuales hacía un zumbido distinto, vibrando a diferente ritmo y compás. Alcanzaba a ver de reojo que estaba en un hospital. Un alud de doctores y enfermeras iban y venían sin prestarle atención. Matt logró balbucear algunas palabras en inglés, que salieron como ecos deformes e incomprensibles del respirador que cubría su boca. Se acercaron los paramédicos intercambiando una ráfaga de preguntas y respuestas entre ellos, que sólo lo confundían y lo agobiaban al mismo tiempo. No podía entender lo que decían. Estaba conectado a tubos y demás parafernalia médica que lo alimentaba y le permitía respirar.

Pasaron horas hasta que pudo ver más claro y sentirse vivo de nuevo. Desfilaban enfermeras cada cierto tiempo a revisar los signos vitales y otros procedimientos médicos que él no conocía. Seguía sin entender lo que decían, y trataba de recordar algo que pudiera darle pistas. Por fin pudo hablar. Le preguntó a la enfermera de turno porqué estaba ahí, a lo que ella respondió que ya vendría el doctor. Volvió a hacer un intento por recordar, pero las molestias no lo dejaban ir más allá de aquel cuarto, ni siquiera con su mente. Volvió a dormir.

Por fin llegó el doctor acompañado de un sacerdote y de un joven que llevaba brazo y cabeza vendados. Apenas vieron a Matt, sonrieron y se acercaron presurosos a la camilla.

—¿Cómo está, Padre? ¿Cómo se siente?

Matt despertó y no respondió. Se extrañó que le hablaran en un idioma que no conocía.

—¿Quién es usted? —balbuceó con esfuerzo en inglés.

El sacerdote, que hablaba también inglés, volteó a ver al doctor extrañado y le preguntó confundido a Matt si de verdad no sabía quién era.

—No, no lo sé. ¿Dónde estoy? ¿Dónde están mis papás?

—Soy el Padre Carlos. Sus padres están en camino.

Matt sintió alivio de escuchar que sus padres estaban cerca. Por lo demás, estaba demasiado cansado como para seguir hablando con desconocidos. El doctor intervino:

—Es mejor que descanse. Por ahora sepa que sufrió un accidente automovilístico. Se encuentra aún delicado, aunque ya ha pasado lo peor. Su compañero también se encuentra bien —dijo señalando al seminarista.

—Cuando lleguen sus padres los haremos pasar de inmediato. Después tendremos tiempo de hablar con más calma.

El sacerdote se despidió amablemente y tanta familiaridad le hizo pensar que lo conocía, aunque él no lo recordaba. Pensó que seguramente era algún amigo de sus padres o compañero del Padre David. Dentro de su cabeza le invadían torbellinos de ideas e imágenes que no era capaz de atrapar ni conceptualizar. Sentía tan fuerte el bombeo de cada pulsación de la sangre en sus venas que casi las escuchaba. Estaba cansado de pensar y de luchar por mantenerse despierto. Cedió de nuevo al letargo y el sueño nubló sus pensamientos.

Los padres de Matt llegaron al hospital. Se encontraban aún en Europa, pues habían viajado para estar presentes en su ordenación. En cuanto se enteraron del accidente hicieron lo indecible para regresar a Roma lo más pronto posible. Cuando llegaron, se dirigieron inmediatamente a cuidados intensivos acompañados por el Padre Carlos quien los esperaba en la entrada del edificio. En el departamento de cuidados intensivos los recibió el Doctor Renzi, neurocirujano del hospital y jefe de la unidad. Tenía un bloc con la información del paciente.

—¿Cómo está? —se apresuró la madre a interrogarlo, saltándose los educados saludos que en otras circunstancias habrían precedido la conversación. El doctor que también hablaba inglés, respondió de inmediato. Comprendía la desesperación.

—Gracias a Dios está estable. Sus signos vitales funcionan bien, aunque tendrá que estar varios días recuperándose y en minuciosa observación. Su hijo estuvo en casi paro cardiaco mientras los primeros paramédicos intentaban estabilizarlo, y fue trasladado de inmediato aquí. Tiene varios golpes y quemaduras. Lo más serio es un traumatismo craneoencefálico. Su hijo recibió un fuerte golpe en la cabeza y estuvo cerca de perder la vida. Pero como dije, gracias a Dios está bien. Aun así padece un hematoma y contusiones en la parte izquierda del cerebro. Es ahí donde se llevó a cabo el impacto.

Los padres de Matt escuchaban con atención sin saber del todo lo que eso significaba, esperando una traducción de los términos médicos al lenguaje normal.

—Pero, ¿estará bien?

—Sí. Como dije, está estable y sus órganos vitales intactos. Necesita tiempo para recuperarse, y sobre todo para que el área dañada se desinflame. Todavía no podemos descartar secuelas en el sistema motriz o daños cognoscitivos y de memoria. Por ahora conviene que no haga esfuerzo por moverse ni por pensar demasiado. Esto podría durar algunos días o incluso semanas.

—Gracias, Doctor. Somos Joe y Megan Collins.

—Doctor Francesco Renzi.

Se estrecharon la mano y pidieron ver a su hijo, a lo que el doctor accedió raudamente. Ordenó a una de las enfermeras que los dirigieran a la sala de espera mientras los hacían pasar.

—Estaré disponible para cualquier cosa que necesiten. Se ve que los muchachos tienen un buen ángel de la guarda, pues a pesar de las fracturas, sobrevivieron a un accidente que pudo haber acabado en algo peor. Son afortunados. Vendré más tarde a revisarlo. Con permiso.

Los padres de Matt cargaban caras de sueño acumulado. Llevaban algunos días sin dormir, desde que recibieron la fatídica noticia. El Padre Carlos los acompañó hacia la sala donde esperarían el llamado para entrar a ver a Matt. No hablaron mucho. Era uno de esos momentos en los que la mejor consolación es el silencio. Pasaron cinco minutos y llegó la enfermera a indicarles que podían pasar a ver a su hijo.

—¡Hijo!

La madre fue la primera en correr hacia la cama donde yacía postrado su hijo. Disimulaba las lágrimas para no preocuparlo, como si él no estuviera preocupado ya. No se daba cuenta que llevaba garabateada en el rostro una expresión de profundo dolor. Su padre se acercó también. Le acariciaba la cabeza a su hijo, medio rapada por la curación, extrañando el rebelde mechón rubio que se resistía siempre a las mejores tentativas de control.

—¿Qué me pasó? ¿Qué hago aquí?

—Tuviste un accidente hace unos días, hijo. Pero estás bien, gracias a Dios. Saldrás pronto si te portas bien y no haces trampas —dijo la madre, intentando bromear y sonreír un poco.

—Sí, pero, ¿qué hacemos aquí? No recuerdo nada.

—Estás en Roma, Matt —contestó el papá.

—¿En Roma? Pero, ¿qué hacemos en Roma?

—Tu vives aquí, Matt.

—No, claro que no. ¡Yo vivo en Auburn!

Entonces todos entendieron lo que sucedía. Matt no recordaba que vivía en Roma. Pensaba que vivía aún con sus padres en Auburn, California. Eso significaba también que no recordaba lo que hacía ahí, ni el seminario, ni Frosinone, ni a Lucía... Habían desaparecido los últimos catorce años de su vida. No se acordaba que era sacerdote.

La inquietud

—¿Qué hay para hoy?

—Junta de programación con los reporteros.

—¿Tiene la lista que le pedí de conferencias de prensa, celebraciones, aniversarios de instituciones...?

—Estoy por terminarla.

Matt notó que Janet estaba ausente. Era muy profesional en su trabajo pero era evidente que algo le pasaba. Decidió cambiar de tema.

—¿Cómo sigue su hijo?

—Sigue en el hospital. Parece que hoy lo darán de alta.

—¿Y usted qué hace aquí? Debería estar con él.

—Tengo que entregar los informes de la semana pasada, terminar de preparar la junta y no he terminado, señor.

Matt se levantó de su silla y tomó a Janet de frente por los hombros. Miraba a Janet como si no existiera nada ni nadie más importante que ella en ese momento.

—La familia es lo más importante que tenemos, y sabes que hablando se entiende la gente. Agradezco tu profesionalidad, pero debes ir con tu hijo. Yo me encargaré de los informes. Pide a alguien más que termine de recabar los datos para la junta.

—No es necesario, señor. Los acabaré yo misma y me iré en cuanto termine.

—No estoy preguntándole. Sólo mándeme los archivos y yo me encargo. Y salga ya si no quiere que me enfade.

Janet no estaba acostumbrada a un jefe tan humano. Tenía años obedeciendo a un editor mucho mayor que Matt. No entendía si el joven y apuesto editor trataba de probarla o si era auténtica empatía. La confundía porque no era la primera vez que tenía un gesto como ese. Agradeció el detalle con una sonrisa nerviosa y se marchó de la oficina para preparar los archivos y salir cuanto antes. Su hijo había tenido un accidente semanas atrás. Matt estaba al tanto y preguntaba constantemente por él. Buscaba enterarse de la vida de cada uno de sus subalternos como si fueran sus hermanos. Nunca entendió por qué los jefes tenían que ser tan cretinos. Él había jurado nunca serlo. Desde que ascendió al puesto de editor, se propuso ser el jefe que siempre hubiera querido tener, y se preocupaba por los problemas de todos en la oficina. Era un reto ser un jefe exigente y bueno a la vez, pero lo asumió como un procedimiento más dentro de sus tareas editoriales.

Se dispuso a terminar los informes y a revisar sus correos. Los mails inútiles eran los más abundantes. De pronto entró una llamada de la recepción.

—Señor, tiene una visita. Es el Padre David, dice que quiere verlo.

—Hágalo pasar, por favor.

Matt hizo a un lado los papeles de su escritorio y se levantó para recibir a su querido amigo. Hacía un año que no lo veía. El Padre David era su guía espiritual y uno de sus pocos amigos de verdad. Durante sus años en la universidad, Matt encontró en él un ancla segura que le previno de navegar sin rumbo por las turbulencias de la juventud. Gracias a él superó sus dificultades con su padre cuando prefirió elegir la carrera de periodismo a la de administración. También le había ayudado a sentar cabeza cuando comenzaba a perderse en las fiestas colegiales llenas de alcohol, marihuana y despampanantes amigas con derechos. Con paciencia, sin prisas pero sin pausas, el Padre David lo ganó para su causa, y lo involucró en un programa de servicio comunitario. Matt pasó de ser el borracho superficial a un atractivo líder positivo para todos en la universidad. Es ahí donde Matt conoció a Debbie. Lo extrañaba y se alegró inmensamente cuando se enteró que vendría a un congreso en Nueva York. El Padre le había prometido que lo primero que haría era visitarlo en las oficinas del New York Times.

—Buenas tardes, señor Editor.

—¡Padre! —Matt se abalanzó hacia el padre y lo abrazó tan fuerte que le sacó el aire.

—Basta ya, que me asfixias, hijo.

—Padre, usted siempre se conserva igual. Siéntese aquí por favor, en mi silla.

—No, no, ¡qué va! Yo aquí estoy bien. ¡Qué oficina, Matt! Qué bien luce el cuadro que te mandé.

Un marco rodeaba una pintura de *Rembrandt*. La elección del Padre David había sido sagaz y contundente. Un retrato eminentemente espiritual y lo suficientemente artístico a la vez para poder colarse, como un susurro, por un resquicio de las oficinas del New York Times. Se trataba de la escena del hijo pródigo. Un episodio bíblico que compendiaba en pocas pero magníficas pinceladas la primera juventud de Matt y su conversión. Después de haber malgastado su herencia, también él volvió a la casa de su Padre.

—Claro, Padre —dijo Matt, dejándose arrastrar por sus pies hacia el cuadro. Lo tengo aquí porque me recuerda a usted, lo que fui y lo que debo ser. No le miento: es difícil acordarse de Él en medio de reporteros y columnistas sinvergüenzas.

—¿Quién iba a pensar que el alma de las fiestas de la universidad iba sentar cabeza algún día?

—Pues usted hizo buena labor, qué quiere que le diga. Es su culpa. No me vendría mal una fiesta de aquellas de vez en cuando.

—Calla, calla —dijo el Padre, dando cariñosas palmadas en la espalda de su pupilo. Mira nada más, todo un editor. ¿Cómo vas?

—Bien, bien. Soy un bendecido, Padre. Ni yo mismo creo lo que vivo. Pero le tengo que confesar que últimamente he estado pensado mucho en mil cosas. Siéntese, por favor.

Matt se olvidó de sus reuniones y pidió a su secretaria cancelar su cita con los reporteros. Sabía que vendría el Padre y pensó que bastarían unos minutos para saludarlo y quedar para después, pero teniéndolo ahí no podía dejarlo ir. Era su héroe.

—No sé, Padre. Pienso en muchas cosas. Tengo el trabajo de mis sueños, soy inmensamente feliz. Tengo a la mejor mujer como novia. No ha sido fácil para ella el hecho de que no nos vemos como antes. Pero no sé...

—¿No sabes qué, Matt?

—Llevaba años esperando llegar a donde estoy. Pero ahora que todos mis sueños empiezan a cumplirse, no estoy tan seguro de que esto sea todo. No me malentienda: soy feliz y doy gracias a Dios todos los días. Pero... ¿esto es todo? Siento que falta algo, y no sé qué.

—Eres demasiado ambicioso, joven. No le tengas miedo a la vida. Los cambios nos asustan pero es necesario pasar de etapa. Es normal, Matt.

—No creo que sea miedo al cambio. ¿Se le hace poco cambiar Auburn por Nueva York?

—No. Pero tu cambio te trajo muchos beneficios. Ahora tienes miedo a otro tipo de cambios. ¿No crees?

—Tal vez. Pero de todos modos no estoy tan seguro de seguir caminando hacia lo que en realidad quiero.

—¿Qué quieres, Matt?

—No lo sé. No tengo ni idea. Usted me conoce mejor que yo, Padre. Siempre tiene la respuesta de todo. Usted dígame qué pasa.

—Matt, yo no puedo decirte lo que te pasa. No estamos en la universidad. Los problemas que tenías entonces eran más fáciles de resolver. Era elegir el bien sobre el mal. La cosa estaba clara. Ahora se trata de tu vida, de tu proyecto personal. No soy yo quien te puede dar una respuesta.

Matt sabía hacia donde iba el discurso: Dios. Lo sabía pero no tenía idea de por dónde empezar. Hacía meses que había dejado de ir a misa. Sus prácticas religiosas se habían reducido a santiguarse antes de empezar a trabajar y dirigir una mirada al cuadro de su oficina mientras revisaba su bandeja de entrada y el orden del día. Aprovechó para contarle al Padre su enfriamiento espiritual, y cómo su nuevo trabajo le impedía dedicarle tiempo a su Dios.

—Creo que Jesús te echa de menos, Matt. Eso es lo que creo que te pasa.

—Pues si me echa tanto de menos, podría decírmelo en persona.

El sacerdote echó el aire en una carcajada y le explicó cómo Dios respeta el santuario de nuestros silencios y ausencias.

—No quiere decir que no esté ahí. Simplemente está esperando que lo vuelvas a necesitar. Y creo que ahora necesitas respuestas. Por lo que veo es el único que te las puede dar.

En el regio despacho del jefe editor del periódico más importante del país, el sacerdote confesó a Matt. Se sintió liberado. Sufría nostalgia de Dios. De pronto experimentó envidia del Padre David. Siempre lo encontraba feliz y radiante, realizado y con su vida resuelta. Dedicándose a lo que realmente valía la pena.

—Tal vez lo que debería de hacer es hacerme sacerdote —le dijo al Padre mientras se despedía, a lo que el Padre respondió con su habitual carcajada.

No se dio cuenta de lo que dijo hasta esa noche. Llevaba meses en que despertaba sintiéndose culpable de no haber pensado lo suficiente en sus columnas. Esa noche no podía dormir. Por primera vez en mucho tiempo, ya no pensó en las publicaciones del día siguiente. Su frase cobró vida y comenzó a golpearlo en su interior, cada vez más fuerte. Se dio cuenta que acababa de abrir una puerta nueva y no sabía a dónde le llevaría. Al inicio pensó que era una tontería, pero la idea lo persiguió hasta volverse una obsesión. A partir de esa noche todo empezó a moverse como en cámara lenta. Había escuchado siempre que el hombre es dueño de su propio destino. Matt era fiel a este lema. Hasta ese momento, corría su propia carrera. Ahora se sentía perdido, sin saber qué camino tomar. El origen de las opciones que se le presentaban por delante era desconocido. Se sentía como un títere, predestinado a hacer algo que aún no sabía qué era. Sin quererlo ni buscarlo, él solo se había complicado la existencia.

2014

Los días que siguieron transcurrían lentos. Cada hora que pasaba el progreso físico de Matt era notable. Se sentía más vivo y con su habitual apetito. No veía la hora de salir del hospital y de comenzar a caminar de nuevo. Lo único que preocupaba a todos era que Matt no había dado señales de recordar. Los últimos catorce años de su vida habían desaparecido por completo. El doctor recomendó a sus padres y al Padre Carlos no tocar el tema e incluso evitarlo. La desinflamación del hematoma tenía que producirse sin sobresaltos.

Matt, por su parte, sabía que no debía esforzarse por recordar, y confiaba en que todo terminaría por volver a la normalidad. Aún no sabía exactamente porqué vivía en Roma. Su madre le mintió diciéndole que estaba haciendo un viaje largo de negocios. Recordaba su reciente graduación en la universidad de Auburn, sus primeros meses como asistente del editor del periódico local y su adorada novia Debbie, con quien pedía hablar todos los días.

—No es bueno que hables por teléfono aún —increpaba Megan, dándole una elaborada explicación de cómo las bocinas de los altavoces y de los teléfonos en especial podían prolongar la desinflamación del hematoma, cosa que si no era verdad al menos era creíble.

Un día, mientras sus padres bajaron a la cafetería para buscar algo de comida, Matt se quedó solo en la habitación. Vio el control remoto a su alcance y logró tomarlo con la mano izquierda, pues su hombro derecho estaba aún inmovilizado. Logró encender la televisión. Comenzó a cambiar los canales buscando algo que entendiera, hasta encontrar un noticiero inglés, y se detuvo a verlo. Entonces se dio cuenta de la fecha: 11 de febrero de 2014.

No daba crédito. ¡2014! ¿Cómo era posible? Trató de levantarse. No se había movido de la cama, pero comenzó a sentir confianza y se dio cuenta que podía mantenerse de pie. Comenzó a caminar, arrastrando el tripié del suero y demás medicamentos que se habían convertido extensión de sus venas. Necesitaba encontrar respuestas y explicaciones. Se sentía extraño, como viviendo dentro de un cuerpo ajeno. Se descubrió más alto de lo que recordaba, más grande e incluso un poco pasado de peso. Sus músculos respondían con lentitud, y los sentía atrofiados y bofos. Mientras intentaba girar la perilla de la habitación para salir por primera vez después del accidente al mundo exterior, se topó a sus padres que regresaban del descanso diario de la comida.

—¿Estamos en el 2014? —inquirió Matt retóricamente, esperando no sólo una confirmación del año, sino toda la verdad. Necesitaba salir del laberinto en el que se veía perdido.

—Matt, siéntate y te explicaremos todo. Su padre lo tomó del brazo y lo condujo hasta su cama. Acomodó el respaldo y las almohadas para que su hijo pudiera sentarse y estar lo más cómodamente posible. Lo que seguía no sería fácil para nadie. Joe esperaba la peor de las reacciones.

—Matt, después de graduarte trabajaste algunos años como editor de uno de los periódicos más importantes de Estados Unidos. Te mudaste a Nueva York. Después de dos años de éxito, conociste el seminario y decidiste entrar.

Matt esperaba el desenlace. Esperaba que la historia diera un giro. Después de todo se encontraba en Roma en un viaje de negocios. En algún momento debía haber salido del seminario y seguido con su vida.

—Después de ocho años viajaste a Roma a estudiar y terminaste hace dos semanas tu formación. Matt... eres sacerdote.

Matt entró en trance. No podía ser.

—Pero me dijiste que estaba en un viaje de negocios —inquirió a su madre.

—No quería preocuparte, hijo. El doctor nos dijo que necesitabas descansar y de habértelo dicho te hubieras sobresaltado. Lo siento, Matt. Perdóname.

Lo que siguió fueron semanas de silencio monacal. Era como si a Matt se le hubieran borrado las palabras en vez de los recuerdos. No sabía por dónde empezar, ni qué decir ni qué hacer. Su cuerpo seguía recuperándose pero la memoria no regresaba, y no podía hacer nada al respecto.

—Matt, ¿cómo te sientes? —preguntó el doctor Renzi en una de sus visitas.

—Mejor. Creo que ya puedo moverme bien.

—Me da gusto. ¿Qué tal vas con los recuerdos?

—Nada.

—Bien, no te preocupes. Creo que ya estás listo para salir de aquí pronto. Lo de la memoria es normal. El cerebro es impredecible, y el golpe que recibiste no es para menos. La zona afectada de tu cabeza está prácticamente desinflamada y hemos logrado que desaparezca el hematoma. La memoria podría regresar en cualquier momento y de modo paulatino.

—Y, ¿cuál es el siguiente paso? —preguntó la madre de Matt preocupada por saber qué hacer una vez que saliera del hospital. Nadie sabía cuál era el siguiente paso, al menos mientras Matt no recordara nada.

—Lo mejor es que regrese a su rutina normal cuanto antes. A partir de la siguiente semana lo recomendaré a un neuropsicólogo. Verá a Matt con la frecuencia que él determine.

—Regresará a casa con nosotros —dijo su padre. Tengo algunos amigos doctores que podrán atenderlo en California. A Matt le vendrá bien un tiempo en casa. Como antes, hijo. Será como en los viejos tiempos.

El Padre Carlos escuchaba con atención e intervino al escuchar las palabras de Joe.

—Creo que el doctor habla de volver a la rutina habitual. ¿Es correcto, doctor? —El doctor asintió—. No quiero ser maleducado, pero si es lo mejor para su memoria creo que le vendría bien regresar al seminario. Aquí podrán darle seguimiento.

—Padre, Matt no recuerda el seminario, ni a ninguno de ustedes. No podemos torturarlo así.

—¡No es una tortura! Cuidaremos de él como miembro de nuestra familia que es. Lo importante es que el Padre recupere su vida, no que regrese al pasado.

—¡Basta! —Matt habló después de semanas de usar casi puros monosílabos. Se llevó sus manos a la cara, cansado de tanto pensar y escuchar. Discutían sobre su vida como si estuviera muerto. No entendía lo que pasaba pero el Padre tenía razón. El doctor hablaba de regresar a su rutina habitual, y por más duro que pareciera Matt era consciente de que llevaba once años fuera de Auburn.

—El Padre tiene razón, papá. Creo que unos días aquí no me harían mal. Además, el doctor piensa que la memoria regresará en cualquier momento. Si estar aquí ayuda, prefiero quedarme.

No sabía lo que decía. Todo su ser quería regresar a Auburn, a la única vida que recordaba. Quería ver a Debbie. En su mente era su prometida: quería hablar con ella, y necesitaba también hablar con el Padre David. Le pidió al doctor y al Padre Carlos que lo dejaran a solas con sus padres. Necesitaba aclarar las cosas con ellos, y no se sentía en confianza de hacerlo en presencia de aquellos dos desconocidos.

—Mamá, papá, tengo mucho que procesar. Les pido que no empeoren lo que ya de por sí es una pesadilla. Necesito recuperar mi memoria, necesito saber quién soy. Si el doctor dice que es la mejor manera para regresar a la normalidad, creo que será lo mejor.

Joe no estaba de acuerdo. Desde que se dio cuenta que la memoria de Matt no recordaba los últimos catorce años, imaginó que podía recuperar a su hijo. Durante sus semanas en el hospital, fantaseaba con su versión del hijo pródigo que volvía a casa después de un largo paréntesis. Había investigado con amigos sacerdotes: si Matt no recordaba nada en un período considerablemente largo, podía obtener sin problemas la dispensa de la Santa Sede y rehacer su vida. Estando las cosas como estaban, se había convencido de que Matt no recuperaría la memoria. Su hijo volvería a ser su hijo, le ayudaría a llevar su empresa y le daría nietos. El estado de Matt le dejaría mover las fichas a su favor. No contaba con la lucidez y voluntad de su hijo convaleciente. Matt había perdido la memoria, pero no su juicio.

Su madre no sabía qué pensar, pero apoyaba a Matt. Ella, más que nadie, sabía que su hijo no había sido tan feliz como cuando estuvo al servicio de Dios. Sabía que Matt tenía vocación y era un sacerdote realizado. Si Dios le había ayudado a descubrirlo una vez, volvería a hacerlo si lo quería.

—Se hará lo que tú decidas, hijo. Te apoyamos en lo que quieras hacer. Siempre lo hemos hecho, y lo haremos esta vez. Puedes contar con nosotros siempre. Eso lo sabes.

41

El apoyo de su madre confirmó a Matt, y le quitó un peso de encima. Si su madre estaba de acuerdo, no podía estar tan equivocado. Su confianza en ella era total, y sabía que si las cosas no salían como esperaba, los tendría siempre a su lado. La escala de valores de la familia Collins estaba encabezada por sus miembros. Si algo había aprendido desde niño, es que la familia era lo primero. Si un miembro sufría, los demás lo harían con él. No sería diferente esa vez.

Joe y Megan se hicieron a la idea de su viaje de regreso. Compraron los boletos de avión por internet y se prepararon para salir en un par de días. Partirían el mismo día que dieran de alta a Matt en el hospital. El día de la discusión habían convencido a Matt que independientemente de lo que pasara, lo esperarían en Auburn en un mes. Consultaron al doctor: un mes era suficiente para que Matt comenzara a recordar. Si no lo hacía, podía permitirse un descanso. El doctor era muy cuidadoso para no crear falsas expectativas. Repetía constantemente que "el cerebro es impredecible".

Se llegó el día. No habían salido del hospital desde que llegaron a Roma. A Joe le salpicaba la barba crecida de un mes, lo cual no le incomodaba. Se la dejaba siempre que podía. En parte porque le gustaba y en parte porque molestaba a su esposa. Era uno de sus placeres culposos. Megan se dio cuenta hasta el día de salir que su rostro había estado varios días sin maquillaje. Su pelo comenzaba a extrañar el cepillo y la secadora que había dejado en casa.

—Espero que recuerdes a tu madre mejor peinada y mejor arreglada, hijo. Finge que no me viste así. Ya te mandaré fotos de la realidad.

—Esta es tu realidad, amor. —Joe se acercó y la besó, buscando raspar las mejillas de Megan con los bellos de su barba.

—Tú no tienes pretexto. Córtate esa barba. Pareces Santa Claus —respondió Megan molesta, sobándose la mejilla.

Matt se divertía viendo a sus padres jugar y bromear como siempre. Su padre era duro mientras se trataba de él y de sus decisiones, pero cuando estaba su madre presente Joe se convertía en un niño. Megan lo sabía y usó su genio femenino a favor de Matt siempre que pudo. Viendo esto, a Matt le quedaba claro que sus padres seguían siendo los mismos, aunque un poco más viejos. Al menos uno de sus recuerdos del pasado coincidía con el presente. Verlos así le recordó su relación con Debbie. En su mente seguía enamorado de ella.

—Bueno, llegó la hora de la despedida. Nos vemos pronto, hijo. Cuídate.

Joe se despidió primero, pues sabía que sea como fuera la última en despedirse sería la madre. Quiso ahorrarle la repetición y algunas lágrimas.

—Hijo... nos vemos en unas semanas, haz caso a todo lo que te diga el doctor y sé amable. Aquí te dejo esta lista de teléfonos y números de emergencia, y también este celular para que puedas escribirnos por *Whatsapp*.

—*What´s up?*

—Ah sí, ¡eso es nuevo para ti! —recordó la madre—. Por primera vez sé más que tú de tecnología. A ver cuánto me dura...

—Supongo que son mensajes tipo chat.

—Algo así. Pide a alguien que te muestre cómo hacerlo, porque yo tampoco le entiendo mucho. Podrás encontrarnos a todas horas. Estaremos pendientes.

—Sí, mamá. Nos vemos pronto. Gracias por estas semanas. Te quiero.

Sus padres eran expertos en despedidas rápidas. Habían tenido que hacerlo siempre, después de la entrada de Matt al seminario. De tanto hacerlo asimilaron que las mejores despedidas son las cortas. Salieron del hospital todos juntos. Los padres de Matt hacia el aeropuerto y él hacia el seminario.

—Bueno, ¿listo, Padre? —le dijo el Padre Carlos, después de ayudarlo a subir su discreto y reducido equipaje en el auto. Matt no podía escuchar que le llamaran Padre sin sentirse incómodo.

—Sí, sí. Listo.

El camino fue un maratón de ideas dentro de su cabeza. Se habían ido entrenando y preparando en el gimnasio de su silencio e insomnio. Ahora todas corrían desesperadamente por llegar a conclusiones. ¿Qué pasa si no recupero la memoria? ¿Y si en realidad nunca fui feliz aquí? ¿Cómo hace alguien de mi edad para recuperar una vida perdida de esa manera? ¿Qué hago aquí con un desconocido, yendo a un lugar desconocido con gente desconocida?

Sabía que el seminario había sido su hogar durante los últimos años. Seguramente era una locación importante en la película de su vida. Su problema es que ahora no podía ni imaginar el lugar al que se dirigía. En su mente, no había pisado jamás un seminario. Intentó echar mano de recursos de su accidentada memoria para recrear algo semejante, usando imágenes, ideas o escenas vistas en películas y caricaturas, pero fracasó en su intento. ¿Cómo sería un seminario? Su sorpresa fue que mientras entraban en la propiedad, la realidad superó su pobre ficción. Pasaron el portón principal y los centenarios olivos comenzaron a hablarle.

Signos

—Cerramos en 10 minutos.

Las luces de la Catedral de Manhattan comenzaban a apagarse. Matt estaba sentado en una de las bancas de la nave principal de San Patricio. Después de su plática con el Padre David hacía un año, se había propuesto ir a misa los días que pudiera. No fue fácil. Salía exhausto de la oficina. Lo único que pasaba por su mente al poner un pie fuera del edificio del New York Times era tomarse un whisky y descansar en su departamento. Cambiar el bar por la iglesia había sido un reto, uno más de los que se solía poner. Éste, sin embargo, era más por conveniencia que por cualquier otra cosa: necesitaba respuestas y sabía que el único que podía dárselas era Dios. Más aún: exigía una señal. Las ideas de su futuro eran la perspectiva bajo la cual interpretaba todo lo que le pasaba. En concreto, los últimos meses luchaba por exorcizar la opción más incómoda: el sacerdocio. Simplemente no podía ser. Debía encontrar una buena razón para deshacerse de ella, pero no lo había logrado. "Puedo ser un exitoso editor y evangelizar desde el periódico", "La Iglesia necesita laicos comprometidos" se repetía para sus adentros en intentos desesperados de auto convencerse. Los argumentos terminaban siempre por percudirse y la idea de ser sacerdote volvía a encarnarse, cada vez más fuerte. De todos modos, la recurrencia de la idea no era suficiente. Necesitaba una señal, aunque fuera pequeña, para saber que Dios lo quería.

—Señor, ya estamos por cerrar —instó el sacristán dirigiéndose a Matt, quien lo volteó a ver como molesto por interrumpir su profundo viaje interior.

—¿Por qué no hubo misa hoy?

—El Padre está enfermo.

—Claro. Y no hay más padres en Nueva York que puedan celebrar. Vamos... ¡es la catedral!

No podía ser: él hacía un esfuerzo sobrehumano por ir a misa después de un día hasta el tope de juntas para que simplemente se cancelara.

El sacristán era un hombre mayor pero lo suficiente hábil como para echar diariamente a turistas despistados y feligreses piadosos.

—Mire, no lo sé, pero supongo que no son suficientes, porque hemos llamado a varios y no han podido. Si tanto le interesa, ¿por qué no se hace usted cura? Así podría ser uno más y cubriría al menos una misa más cuando pasara algo como lo de hoy.

Silencio absoluto. El sacristán acababa de dar a Matt un gancho al hígado, y lo había dejado inconsciente en el cuadrilátero de su conciencia. A pesar de que el viejo no tenía ni idea de su prolongado drama, acababa de abrir la caja de pandora.

A Matt le cayó el veinte en ese momento. Los grilletes de su razón se abrieron. El viejo hizo diana. Justo en la nariz. En su interior resplandecía el miedo entremezclado con una extraña y expansiva paz. Sin dejarle un minuto para asimilarlo, el sacristán arremetió de nuevo.

—Perdone por la respuesta. Estoy cansado. Le pido cordialmente que vuelva mañana. Seguro conseguiremos a alguien. Ahora debe irse.

Matt lo ignoró. Se levantó y comenzó a caminar por el pasillo central. Antes de irse se volteó para hacer su genuflexión y elevó la mirada al crucifijo. No había nadie en toda la catedral, excepto ellos dos. Permaneció de rodillas unos segundos. Su única pregunta era: ¿Por qué? ¿Por qué él? ¿Por qué ahora? Tenía compañeros mucho más religiosos que él. Menos ambiciosos de éxito, sin noviazgo de años que estuviera a las puertas del compromiso matrimonial, con menos planes e incluso sin trabajo.

Había perdido la lucha contra Dios. Mientras se volvía a poner de pie sacó su bandera blanca y declaró en voz baja su capitulación.

—Tú ganas.

El sacristán lo alcanzó en la puerta.

—¡Señor, señor! Perdone. Me quedé pensando en lo grosero que fui, y le ruego que acepte este crucifijo. No sé por qué pero siento que estaría mejor con usted.

La cara de Matt no daba crédito. Sólo faltaba una aparición, y no estaba como para algo así.

—Gracias. No hace falta, de verdad.

Intentó devolverlo pero no lo consiguió.

—Insisto —dijo el viejo con un gesto de rechazo.

—Buenas noches.

Matt lloró esa noche. De emoción pero también de angustia. Mientras se vive, un final es a la vez un comienzo. En el fondo de su ser, tenía la certeza de que era el primer instante del resto de su vida. Una vida que pronto iba a ser mucho más de lo que nunca había sido. No sabía qué paso dar.

Miraba en torno suyo pensando que era un sueño. Había sido demasiado rápido para ser verdad. Demasiado humano para ser sobrenatural. ¿Así hablaba Dios? ¿Eso había sido todo? Sintió que tal vez debería esperar ulteriores aclaraciones del cielo. Alguna voz, alguna señal extraordinaria. Pero en el fondo sabía que aquello había sido todo. Se había dictado una sentencia. No vendría ningún ángel. Ahora comenzaba su trabajo de leer entre líneas.

Además de su futuro, le preocupaba su presente. Si todo eso terminaba por ser así, ¿por dónde empezaría?

El mundo se le vino encima. Sus padres, Debbie, su jefe, ¡su vida! No sabía en qué orden debía hacerlo ni cómo. Llegó a su departamento. Se sirvió un vaso de whisky y encendió un habano. Era momento para relajarse. Cuando estaba tendido en el cómodo sofá de su estancia, descalzo, con la corbata y la camisa medio abiertas, se le ocurrió acudir al único que sabría qué hacer. A un ingeniero de Dios que supiera ejecutar con arte los desconocidos procesos que le preocupaban. Alguien que hubiera pasado por eso. Tomó el teléfono y llamó al Padre David.

Segunda Parte: **Evidencias**

> *"Recordar es como perforar un pozo:*
> *el agua es turbia al principio, pero luego se clarifica"*
>
> — Proverbio Chino

Un aliado

La entrada al seminario fue triunfal. Mientras Matt estuvo en el hospital, los hermanos y padres de la casa de formación en Roma habían estado al tanto de su avance. Muchos de ellos eran sus amigos, hermanos de otras madres. Habían convivido por años y a ellos más que a nadie les preocupaba la salud de su compañero, tanto como si fueran sus familiares.

El coche se estacionó y entraron en el edificio. Se dirigieron al comedor. El Padre Carlos explicó a Matt que la comunidad se encontraba cenando, y que esperaban con ansias. Las puertas de cristal lo delataron desde lejos. Matt notó que mientras se acercaban, el alboroto crecía. Apenas llegaron, dos jóvenes religiosos abrieron las puertas y el comedor estalló en aplausos. Se pusieron de pie 300 sotanas negras. No había rostros, sólo uniformes con palmas que aplaudían. Algunos comenzaron a acercarse.

Matt se quedó sin habla. Era demasiado. Comenzaron a saludarlo como si lo conocieran. Le hablaban en español, en italiano y en inglés. Todos esperaban un reconocimiento, una reacción, y Matt lo único que quería era largarse de ahí. Y lo hizo. Se disculpó y salió por donde entró, en un estado de confusión absoluta. El padre Carlos salió detrás de él.

—¿A dónde va, Padre?

Matt explotó. Toda su confusión se convirtió en ira. Se había encendido su corta mecha y la pólvora interior acumulada arremetió contra el rector.

—¿Pero qué le pasa? —dijo Matt furioso, encarando al sacerdote—. ¿Qué tiene en la cabeza? Llego después de lo que me pasó ¿y me encuentro con una fiesta sorpresa de bienvenida? Este lugar está lleno de personas desconocidas, todos preguntándome si me acuerdo de ellos. ¿Le parece lógico?

—Padre, pensé que merecía un recibimiento después de lo que ha pasado.

Tenía una mirada contundente y apenada.

—Pues más bien no pensó. Y no me importa que sea el rector. Es un irrespetuoso. No pienso entrar, y poner mi cara de idiota a cada uno de los que me preguntan si me acuerdo de ellos. No tiene sentido común. Lo que quiero es que me muestre dónde me quedaré y que me dejen en paz.

Entonces apareció Andrew. Era un seminarista y el mejor amigo de Matt. Iba un año abajo de él en estudios, pero habían coincidido en Estados Unidos y después en Roma. El tiempo y los gustos comunes los habían estrechado más que el resto. Conocía todo de Matt. Sabía lo que le gustaba y lo que no, y se sentía con derecho de intervenir. Se armó de valor y tomó a Matt por el hombro, llevándolo afuera. Hizo una señal al rector de tener todo bajo control y salieron del comedor.

—Soy Andrew.

Matt estaba agitado. Ni siquiera se dio cuenta que le había tendido la mano para saludarlo. No quería hablar con nadie y estaba harto de que lo trataran como a un subnormal.

—Mira, no espero que me recuerdes. Sólo te digo que soy quien mejor te conoce en esta casa. Me atrevería a decir que incluso mejor que tus padres. Así que te podré ser de mucha ayuda. No espero que me respondas nada. Debes saber que somos mejores amigos. Puedes confiar en mí.

Primero lo miró con desconfianza, pero si lo que decía era verdad, estaba claro que lo necesitaba.

—Para que veas lo bien que te conozco, tengo en mi cuarto unos puros y un whisky. Vamos a la sala de estar.

Era uno de los suyos. Sabía sus gustos más íntimos. Evidencia infalible de que decía la verdad. El tabaco y el alcohol eran inequívocos signos de credibilidad.

Andrew llevó a Matt a la estancia. La estancia se encontraba en el último piso, y desde arriba podían contemplar el cielo estrellado y una espectacular vista panorámica de la ciudad de Roma. Matt pudo observar la extensión de la propiedad y el espeso bosque de pinos que los rodeaba. El lugar era sin duda privilegiado.

Andrew subió con una mochila donde llevaba el ilegal whisky, los habanos y un mechero. Subió también unos *fritos*, cosa que volvían loco a Matt.

—No tengo ya del sabor que te gustan, pero estos no están mal.

Matt se encontraba más sereno y esbozó media sonrisa.

—Me queda claro que sabes bastante de mí.

Andrew cortó los habanos y comenzaron la bohemia velada. Estuvieron buen rato en silencio. Comenzaron a hablar del whisky y del clima en Roma, hasta que Matt cambió en seco la conversación con una pregunta directa a su nuevo viejo amigo.

—Sabes que no recuerdo nada, ¿no?

—Algo escuché. Pensé que no sería tanto. ¿Qué te han dicho los doctores?

—Nada. Dicen que podría volver todo en un segundo, pero no garantizan nada. "El cerebro es impredecible". Lo repetía el doctor todos los días.

Andrew hubiera querido interrumpir para preguntar qué pasaría si no regresaban los recuerdos, pero sabía que no debía hacerlo. Se hizo violencia para controlar sus palabras, cosa poco compatible con su temperamento campechano.

—Mi padre dice que si no regresa la memoria en un tiempo considerable podría recibir el permiso del Vaticano para dejar el sacerdocio y volver a mi vida normal.

Andrew tosió exageradamente y casi se atraganta. Era un joven americano, bajo de estatura, con rostro muy expresivo y de carácter radicalmente espontáneo. En él, pensar algo y decirlo eran uno.

—¿Estás loco? ¡No puedes dejar el sacerdocio!

Matt se sorprendió de la reacción, que rompía con la discreción que hasta entonces había caracterizado a Andrew. Por la franqueza y la rapidez de la respuesta se daba cuenta que se había estado controlando. Ahora hablaba como un amigo de verdad.

—¿Qué? ¿Por qué no? Suena lógico, ¿no?

—Llevas doce años en esto. No te cuento lo que te ha costado. Años de luchas, estudios, sacrificios... ¿para dejarlo nada más porque sí?

—A ver... ¡no es nomás porque sí! No tienes ni idea de lo que es esto.

—Tal vez no, pero no puedes dejarlo. Tú amas esto, Matt. Es tu vida. Eres un ejemplo para los que vamos atrás. Eres de los sacerdotes más humanos y entusiastas que conozco. Eres una pistola en esto, créeme. Quieres ser sacerdote más que cualquiera de los que estamos aquí. Si el verdadero Matt estuviera escuchando esto, te habría golpeado.

Matt soltó la primera carcajada después de lo del golpe. Sonaba bastante a él en versión de sacerdote. De todos modos Andrew no tenía ni idea ni derecho de hablar así. Nadie aprende en cabeza ajena. Sus argumentos le parecían débiles. Decidió desvelárselo con un juego de dialéctica que había aprendido en sus clases de periodismo.

—Andrew, ¿tú por qué estás aquí?

—Porque Dios me llamó.

—Exacto. Porque Dios te llamó. Y ¿cómo lo sabes, Andrew?

—Porque... porque lo sentí.

—¿Cuándo lo sentiste?

Andrew contó a Matt brevemente la historia de su llamado quince años atrás, cuando entró en el seminario menor después de una experiencia de misiones de evangelización.

—Pero, ¿estás seguro que fue así?

—Sí, claro que fue así.

—Bien, si así lo recuerdas está muy bien. Pero te hago otra pregunta. ¿Qué pasaría si un día no recordaras ese momento? ¿Si desapareciera de tu memoria?

Andrew comprendió que por más lógico que le pareciera, Matt estaba en una situación incomparable. Ni siquiera podía imaginarse la hipótesis de un estado de amnesia como el de Matt.

—Bueno, veo que has entendido. Entonces no me digas que no lo puedo hacer. Estoy en todo mi derecho. No recuerdo ningún llamado, ni nada que tenga que ver con eso y me queda claro que mi presente es la suma de mis recuerdos.

—Pero eso no pasará. Recordarás todo, Padre.

—Dime Matt, ¿quieres?

—Matt, quieres.

—Idiota.

Los dos rieron. Terminaron el puro y el whisky. Andrew había sido derrotado por la dialéctica de Matt. Se dio cuenta que el caso implicaba paciencia, información y mucha oración. Él estaba dispuesto a hacer todo eso por Matt y no se daría por vencido. Al otro día comenzaría su búsqueda implacable por recuperar a su amigo. Sería su nueva misión. Llevó a Matt a su cuarto. Le explicó en cuál habitación vivía él por si llegara a necesitar algo.

—Aunque sean las 2 de la mañana me buscas. Olvídate del Padre Carlos y de cualquier otro cura que venga a molestarte.

—Veo que eres celoso.

—Idiota. Entonces no me busques.

—Es broma, Andrew. Claro que sí.

Andrew comenzó a caminar hacia su cuarto, cuando escuchó el grito.

—¡Andrew! Gracias...

Andrew sonrió, y le hizo señas de meterse a su cuarto. Era la 1 de la mañana, y en el seminario los padres duermen poco. Despertarlos de ese modo a esas horas era un crimen.

Matt se dio cuenta que sus cosas ya estaban en el cuarto. El Padre Carlos no era tan malo después de todo. Vio una nota, en la que el Padre le pedía disculpas y le dejaba los datos que necesitaba sobre la casa: horarios, mapas detallados, teléfonos, etc. Matt lo agradeció infinito, y se avergonzó de haber sido tan duro con el sacerdote.

El whisky lo había relajado y le había dejado buen sabor de boca. Además gracias a Andrew su shock inicial se había diluido. "¡Qué tipo más simpático!" pensaba mientras se acostaba.

Estaba listo para empezar a recordar. El seminario lo había sorprendido y no estaba tan mal como pensaba. Aunque para Matt el mundo religioso en el que se encontraba era una novedad, tenía la sensación de que era un poco como volver a casa. Un regreso a un lugar conocido tiempo atrás. Los edificios no le resultaban del todo extraños. Su intuición le decía que había estado ahí, aunque fuera por corto tiempo. Ese sería el lugar donde regresarían los recuerdos. Un santuario donde su memoria podría comenzar a sanar.

Consejos

—Padre David.

—¿Matt?

—¿Qué tal, Padre? ¿Cómo está?

—Dormido.

Matt vio el reloj. 1:30 de la mañana.

—Perdón, Padre.

—¿Qué pasa, Matt? ¿Todo bien?

—Sí, Padre. Sólo que me urgía hablar con usted. Me acaba de pasar algo muy fuerte.

—Pero... ¿estás bien?

—Sí, sí. No es nada grave, Padre. Es algo sobre mi futuro. Dios respondió a mis preguntas esta noche. Creo que ya sé lo que debo hacer. Pero tengo mil preguntas.

—Matt, creo que esto debemos hablarlo en persona. Y mira que estás de suerte: salgo a Nueva York pasado mañana. Es un viaje no previsto. No me creerías si te digo a lo que voy. ¿Qué te parece si lo dejamos en suspenso hasta ese día, tanto lo tuyo como lo mío? ¿Cómo ves?

Era justo. Matt se moría por contarle todo, pero se daba cuenta que el Padre también tenía sus cosas y podía esperar. Así le daría tiempo para ordenar sus ideas y hablarlo con más calma.

—Está bien. Mándeme los datos del vuelo y yo le recojo en el aeropuerto. Sirve que le llevo a un restaurante que acabo de descubrir. Le va a encantar.

El Padre soltó su carcajada distintiva.

—Está bien. Como quieras. Tú mandas y tú pagas.

—Sí, Padre. Claro. Espero su mensaje. Gracias y disculpe de nuevo. Perdí la noción del tiempo y ni siquiera vi el reloj.

—Por esta vez te perdono. Buenas noches, señor editor. Descansa.

Colgaron. Sólo con escucharlo le bastó para cerrar los ojos y descansar de aquel día tan lleno de emociones que recordaría para siempre. En ese entonces no podía ni siquiera imaginar que los recuerdos, por más importantes que sean, son más frágiles que el barro.

Días después Matt esperaba al Padre en el aeropuerto. Lo recibió con un gran abrazo de oso, como solía hacerlo siempre, levantándolo sobre el suelo y sacándole el aire.

—Basta, muchacho. Estás loco.

—Vamos al coche. Ahora tengo hasta chofer.

El Padre torció los labios con una mueca de sarcástica admiración. Se dejó agasajar y subieron al coche.

—El restaurante no es muy elegante, porque sé que no aceptaría y además no es su estilo. Pero el sitio tiene las mejores hamburguesas que he probado, y la cerveza sabe mucho mejor ahí que en cualquier bar de Nueva York. No sé por qué. Tal vez sea el tarro o las meseras.

El Padre golpeó a Matt. Después de todo era sacerdote y no le podía permitir ese tipo de bromas, por más confianza que hubiera.

—Es broma, Padre. Pero sí es muy rico, ya verá.

Llegaron al restaurante y Matt ordenó todo, pidiéndole al clérigo un voto de confianza. Se conocían lo suficiente como para conceder el beneficio de la duda en temas de comida.

—Bueno. Prepárese que va rollo. Y como yo lo llamé y no usted, yo empiezo mi historia.

Matt le contó todo. Los meses anteriores, sus *rounds* contra Dios y la fulminante respuesta de hacía dos días. Le mostró la cruz del sacristán.

—Estás loco.

El Padre David no sabía si era una broma o alguno de esos arranques que uno tiene de joven. La conversión de Matt en la universidad había sido un milagro del que era testigo, pero esto era demasiado. Sin embargo, como buen servidor del Señor, él no era nadie para decir quién debía ser llamado y quién no.

—Dios está loco —dijo Matt defendiéndose.

—Bueno, eso suponiendo que sea Dios el que está detrás de todo esto.

—¿Qué quiere decir?

—Cuando uno siente una cosa así tiene que discernir si es de Dios o no, Matt. ¿Sabes cuánta gente siente algo semejante y luego se da cuenta que no era más que una sugestión?

—Pero bueno, ¿le parezco un fanático religioso sin cerebro?

—No. Pero tampoco tienes historial de profeta, ni de hijo de profetas.

Matt lo miró confundido.

—Es un decir, Matt. Sólo digo que hay que corroborarlo. Lo primero que debes hacer es sacar el pecado de tu vida. Volver a estar en gracia, en comunión con Dios. Una vez puesto eso en orden, debes buscarlo con sinceridad en tu oración. Si antes buscabas a Dios, ahora lo has de hacer el doble. Tienes que aclarar esto y sólo el tiempo pasado con Dios lo puede aclarar.

—Yo que quería disfrutar mis meses de soltero guapo y rico.

—Ni soltero, ni guapo, ni rico.

Se acercó la mesera. Dejó las hamburguesas y las cervezas en la mesa.

—Matt... dijiste que las meseras eran guapas.

Matt estalló en risas y regañó al cura, fingiendo estar escandalizado. En realidad Matt disfrutaba cada vez que lograba provocar ese tipo de desvaríos en su director espiritual. Lo veía como una victoria personal y un placer. El Padre por su parte lo hacía a posta, sabiendo que Matt lo disfrutaba. No le molestaba hacerlo de vez en cuando. Del suelo no pasaba. La vida es demasiado corta como para vivir amargado, solía decir.

—Es un tema que hay que seguir hablando después, pero por ahora quédate con eso. Doble oración, recibe al Señor en comunión cada vez que puedas y lo demás irá dándose. Te preocupas ahora por lo humano de todo esto, de cómo le dirás a todos, cuando ni siquiera tienes clara la parte sobrenatural. Te quieres poner la corbata antes de la camisa, hijo. No permitas que tus pies vayan por delante de tus zapatos. Tranquilo.

Matt entendió perfectamente la idea, sobre todo cuando dijo lo de la corbata. Ciertas imágenes dicen más que mil palabras.

—Bueno. Basta de mí, por ahora. Ahora sigue usted. ¿Qué le trae por acá?

El Padre terminó de masticar su hamburguesa y le dio un sorbo a su tarro de cerveza.

—Tenías razón con lo de la cerveza.

—Ya, Padre. No sea así.

—Bien. Pues resulta que se les ocurrió nombrarme provincial, así que me mudo a Nueva York.

—¡Wow! ¡Felicidades!

—La orden debe estar en picada para que hagan cosas como esa. En fin. Lo hago sólo porque soy hijo de la obediencia, Matt. No quiero hacerlo. Yo soy feliz con la gente, me vuelvo loco en una oficina.

—Tranquilo, Padre. El hombre a todo se acostumbra. Aparte usted es un *crack*, ya verá lo bien que le hará a todos.

Matt no tenía claro aún el diversificado mundo del clero católico, pero si iba a ser sacerdote sería como el Padre David.

—Entonces, si entro al seminario, usted será mi jefe.

—Seré tu hermano, Matt, y tu servidor. Los jefes en la Iglesia son pastores. Es muy diferente a lo tuyo. Tú mandas en tu oficina. Nosotros acompañamos y servimos. Que nunca se te olvide eso.

Matt pensó que era un modo humilde y algo falso de no admitir que sería el jefe. De todos modos viniendo del Padre David el discurso era creíble.

—Pues entonces brindemos por todo esto, ¿no?

—Sí, Matt. Brindemos.

Alzaron los tarros a la altura de sus rostros.

—Para que nuestro presente sea en un futuro un pasado del que nos podamos sentir orgullosos.

—Ni el editor del New York Times lo hubiera dicho mejor.

Máquina del tiempo

Las primeras semanas en el seminario consistieron en recorridos turísticos por pasillos, aulas y avenidas internas que conectaban los edificios del complejo. Andrew aprovechaba cada rincón para revelar algo. Explicaba hasta lo más sencillo como si fuera un experto guía de un museo. Provocaba a su interlocutor bajando hasta los más mínimos detalles. No dejaba cabos sueltos. Esperaba ocasionar reacciones en Matt, pero siempre fracasaba. Él sólo escuchaba y preguntaba una que otra cosa, lo cual confirmaba que aún seguía sin recordar.

Los rincones de la memoria de Matt seguían en tinieblas. Comenzaba a recuperar su humor y toreaba todo con bastante filosofía. Se divertía aprovechando cada oportunidad para sacar de quicio a sus compañeros. Alzaba la voz donde la regla mandaba guardar silencio, interrumpía clases, se desvelaba hablando con Andrew y se escapaba a fumar y a beber cuando todos se iban a dormir.

Fue por la segunda semana que decidió apretar el paso y aparejarse al ritmo de todos. Ya se había divertido y ahora debía inaugurar la parte dura: los estudios.

—¿Entonces, mañana voy a clases?

—Podría ser. ¿Cómo te sientes?

—Bien. Creo que no me haría mal, aunque dices que ya tengo el título, ¿no?

—Sí. Sería sólo para ver si ayuda en algo. Veremos cómo te sientes después de tu primer día.

Se encontraban en uno de los recibidores que usan en el seminario para atender visitas. Sentados en el sofá, podían ver desfilar a todos los jóvenes seminaristas después de sus oraciones nocturnas.

—¿Por qué caminan así? —comentó Matt mientras observaba la oleada de sotanas negras caminar por la avenida interna.

—¿A qué te refieres?

Matt se puso de pie y comenzó a imitarlos: cara seria, manos atrás, cuerpo erguido y paso ligeramente veloz.

—Parecen robots. Mira a ese. Parece que se tragó un palo de escoba.

Andrew soltó su carcajada y comenzó a mover la cabeza como en desaprobación.

—¡Claro que no! Bueno, tienes algo de razón. En nuestros años de formación, tenemos algo que se llama años de pastoral. Salimos un par de años a trabajar en algún ministerio, con algún sacerdote. Algunos trabajan en colegios, otros en grupos juveniles o de misiones con los más necesitados. Ese tiempo te hace madurar. Y es como en la guerra. Hay soldados que han estado en batallas, en el campo, y otros que no han salido. Ambos soldados. Normalmente los que no han salido son más rígidos en lo exterior. Los que vuelven, en cambio, no le prestan atención a esas cosas. Cuando estás en medio de balas y fuego, lo único que te importa es sobrevivir. La guerra te hace aferrarte a lo más importante, ¿no? Al final el soldado se prepara para la guerra, no para un desfile.

—Y ¿qué tiene que ver un cura con un soldado?

—Nada y todo. En esta orden tenemos muchas tradiciones militares. Nos consideramos soldados, soldados de Cristo Rey.

—Y tú vienes siendo de los rebeldes, entonces.

Andrew volvió a reír. Le parecía gracioso estar explicando cosas tan básicas a un sacerdote mayor que él.

— Rebelde de Cristo. Experimentado y en conversión permanente.

—Rollos. Rebelde sin causa.

Terminaron la conversación para irse a descansar, pues al día siguiente les esperaba un despertador que estallaría en llanto a las 5 de la mañana para introducirles en un día lleno de clases y actividades. Andrew se levantó y le hizo señas a Matt que debían hacer oración antes de descansar. Esos días lo habían estado haciendo con bastante regularidad.

—¿No puedo orar en mi habitación? Estoy cansado.

—La oración común es la base de nuestra vida comunitaria, Matt. En la vida consagrada, a Dios se le encuentra en la comunidad. Orar juntos alimenta nuestra pertenencia a Dios.

Matt no entendió, pero aceptó sin rechistar. Por el modo serio y solemne en el que Andrew hablaba, parecía ser algo importante. Una especie de signo de identidad que distinguía a los que seguían ese tipo de vida. Después de leer unos versículos de la Escritura, Andrew involucró a su amigo.

—¿Empiezas tú las oraciones, Matt?

—Ok.

Matt conocía ya la dinámica de el rezo del breviario, y comenzó la recitación del himno. Aunque a veces era algo aburrido, sentía que cuando pronunciaba las palabras de los salmos, su oración se hacía poderosa. No sabía exactamente por qué, pero lo sentía. Además, dejando de lado la amnesia, tenía buena memoria reciente y aprendía rápido. Al final de la oración, mientras salía y se despedía del tabernáculo con una última mirada, terminaba siempre con las mismas palabras:

—Ilumina mi cabeza para que pueda recordar.

Al día siguiente comenzaron las clases. Después de desayunar, Andrew pasó por la habitación de Matt y le explicó el procedimiento, cómo debería ir vestido y le entregó el maletín con lo que necesitaría para las clases.

En la universidad todo marchaba igual. Las universidades siempre son iguales, pero cada año los nuevos alumnos la hacen diferente. Siempre nuevas y siempre las mismas. Andrew lo llevó a los cursos en inglés y lo acompañaba a todas partes. Matt se dejaba guiar por él. Se sorprendió que los temas le parecían absolutamente interesantes. No los recordaba, pero se le hacían familiares. Como si los hubiera leído en algún libro tiempo atrás. Era como si hubiera visto la película, pero sin poder recordar ni el nombre, ni el reparto, ni la trama. De todos modos la experiencia le atraía y escribía los conceptos que escuchaba con un estilo extraordinario. Después de todo, su pluma no había desaparecido. Su mano de escritor estaba aún caliente.

Por las tardes tenía sesiones con Andrew de ejercitación de su memoria. Era su gimnasio y lo llamaba *time machine*. Su madre estaba en comunicación todo el tiempo y le mandaba fotos escaneadas de sus álbumes familiares. Fotos de la carrera, de su graduación, de su primer trabajo, su tiempo en Nueva York, del seminario en Estados Unidos y de los días de visita que le hacían sus padres.

Andrew se tomó la molestia de reservar un aula en el seminario sólo para tener las sesiones de recuperación. Montó un espectacular tren de fotografías e imágenes significativas. Colgó recuerdos que caían desde el techo como trapecistas de circo. Iban armando juntos una línea del tiempo por las paredes. Tapizaron los muros con remembranzas a todo color, frases, recortes de periódicos y momentos importantes en la vida de Matt. Pasaban horas estudiando las secuencias y los nexos entre foto y foto. Cambiaban el orden cuando descubrían que se equivocaban en la cronología. Era una investigación de agentes secretos desmontando una complicada red de recuerdos. El más buscado de toda esa red era el último. El último recuerdo.

—Tiene que haber un último recuerdo, ¿no?

—Supongo.

—Pero... ¿cuál es?

Matt recordaba su graduación, su primer trabajo, su noviazgo con Debbie. No recordaba Nueva York. Tampoco su rompimiento con Debbie y mucho menos su llamado. Estaba claro que sus padres no sabrían mucho del mundo interior de sus decisiones, por lo que no podían ayudarle mucho. Tampoco podía hablar con Debbie aún. Se daba cuenta de lo complicado de la situación, hasta que recordó al único que podía ayudarlo: el Padre David.

—¡El Padre David!

—¿Qué Padre David?

—El Padre David Mayer. Él debe saber. ¿Cómo no se me había ocurrido? Supongo que con tanta cosa olvidé llamarle.

Andrew desvió la mirada y se volteó inmediatamente.

—Tú puedes conseguirme el teléfono ¿no, Andrew?

Andrew lo miró fijamente a los ojos. Respiró profundamente hasta que sus pulmones no pudieron más. Tenía que escoger entre muchas palabras. Entonces le disparó sin preámbulos las menos que pudo. Las más duras que Matt iba a escuchar en mucho tiempo.

—El Padre David está muerto.

Okay

—Vienen conmigo.

El guardia de la entrada alzó la cadena para dejarlos pasar. Había una larga fila para entrar. *Okay* era de los clubes nocturnos más exclusivos de Nueva York.

—¡Este lugar es genial, Derek!

—¿Crees que traería al editor del New York Times a cualquier antro de quinta? Además tenemos lugares VIP esta noche. Será legendario.

Matt sonrió. Estaba harto de tanta tensión en el trabajo y de las luchas internas por su decisión vocacional. Sólo un mes se interponía entre él y el seminario. Pensaba que quien no comete nunca una tontería, nunca hará nada interesante. Aquella noche era para divertirse tontamente.

—Bueno. Chicas guapas en la barra. Otro grupo en aquella esquina. Matt, escoge.

—No pierdes tiempo. Tranquilo, vamos llegando, amigo.

—¡Venga! ¡Eres soltero de nuevo, *dude*! ¡Meses esperando esto! Por fin te das cuenta que no puedes estar comprometido a distancia estando en Nueva York. Y Derek... anota de nuevo —dijo su amigo neoyorquino haciendo un gesto como quien encesta un balón.

Matt no se defendía como siempre. Esa noche se dejaba llevar. Quería relajarse.

Derek se acercó a la barra, obligando a Matt a seguirlo. De camino se desabrochó los primeros dos botones de su camisa. Pidió unos tragos y comenzó la caza de chicas solteras y sin compromisos.

—¿Conocen a Matt, chicas?

La música los obligaba a gritar.

—Matt —dijo extendiendo la mano a una del grupo.

—Lindsay.

—Mucho gusto. ¿Quieres tomar algo, Lindsay?

—Sí. Vodka por favor.

Matt pidió dos cocteles de vodka. Los primeros de muchos que se tomaría esa noche. Se dio cuenta que sería imposible comenzar una conversación con ese ruido, así que optó por la pista.

—¿Bailas?

—Sí, claro.

—Pues vamos —dijo Matt, tomándole la mano y llevándola a la pista.

Comenzó a bailar como desquiciado. De vez en cuando se topaba con sus amigos y con Derek, y cada vez que los veía gritaba como loco lo primero que se le venía a la mente o la letra de las canciones, si las recordaba.

Comenzaron los saltos entre la pista y la barra. De pronto Matt perdió a Lindsay y varias chicas se acercaron a bailar con él. Se encimaban demasiado pero no le importaba. Kelly, Mónica, Lily, y Drew fueron todas las reinas de su corazón por unos segundos, y a todas les prometió amor eterno. Cada minuto que pasaba movía más estrepitosamente su esqueleto e inventaba nuevos pasos de baile. Los favoritos eran el robot y sus extrañas versiones del *moonwalk y thriller,* pasos que repetía sin importar el ritmo o el género. Terminó siendo el alma de la fiesta y el centro de todas las órbitas de planetas danzadores que giraban a su alrededor. Cada trago que tomaba lo iba convirtiendo en un títere de sus más profundas y encerradas pasiones.

—Matt, creo que estás muerto. Ven acá.

Derek tenía más experiencia y una veterana amistad con el alcohol. La práctica hace al maestro. Si alguien sabía de borracheras y cómo curarlas era él. Sabía que

Matt había llegado a un límite y debía sacarlo de ahí.

—¡No quiero irme! —gritaba molesto mientras sostenía con una mano un vaso y un cigarrillo y con la otra la cintura de una de sus enamoradas.

—Vámonos, *dude*. Ni siquiera puedes caminar bien.

—Derek no podía dejar de reírse. Nada más divertido que ver a un amigo hacer el ridículo bajo los efectos del alcohol. Nunca había logrado llevar a Matt a un grado mínimo de embriaguez. Esa noche habían pasado del nivel 1 al 10. Era suficiente. Además había aprendido que a las 2 de la mañana lo mejor es irse a dormir. Todas las decisiones que se toman después de las 2 suelen ser malas decisiones.

Subieron al coche y pasearon por Nueva York. Seguían gritando como si estuvieran en el antro. Sacaban el torso por la ventana y berreaban a coro las canciones que salían en la radio con la pasión de un grupo de rock en pleno concierto.

Después de un rato a Matt le explotaba la cabeza. Llegó a su departamento, se echó a la cama y todo le daba vueltas. Ya no era divertido. El mundo le robó su dinero, su persona y a cambio le dio unos minutos de ensordecedora felicidad y dolor de cabeza. Había olvidado las consecuencias de esa manera de divertirse. Se descubrió inmaduro y sintió que revivía el verde adolescente dentro de él. Ese que siempre llevamos dentro de nosotros y que de vez en cuando nos hace sus malas jugadas por más adultos que seamos.

Había colmado sus deseos la noche anterior y sin embargo se sentía vacío. Vacío como un edificio en demolición. Como un teatro después de un espectáculo. Como un pueblo fantasma.

Al otro día sólo quería descansar. La luz irrumpió por las ventanas del departamento combinándose con los residuos de alcohol y una migraña mayúscula. No fue al trabajo. Odiaba cuando sus empleados llamaban enfermedad a sus irresponsables desvelos. Ahora él era el irresponsable que rehuía a la inmediata consecuencia de su divertida noche anterior.

Derek quedó de visitarlo para ir a comer ese día. En el fondo no quería verlo, pero lo había prometido y ahora debía soportar sus burlas.

—¡Apañaste, Matt!

—Imbécil. Tú tienes la culpa.

—Yo. Yo tengo la culpa. Te obligué a hacer todo. Sí, Matt.

—No seas idiota. Me pudiste haber frenado antes.

—Te estabas divirtiendo. Admítelo.

—Pues la verdad es que sí. Hace mucho que no lo hacía. Pero no lo vuelvo a hacer. No vale la pena. Además me siento horrible. Acabo de cortar con Debbie según esto por mi decisión, y resulta que ayer me enamoré cuatro o cinco veces.

—O seis o siete. Yo te vi con más. —Derek aprovechaba para hundirlo y avergonzarlo más. La autoridad moral con que Matt le había hablado siempre se había suicidado con su numerito en *Okay* la noche anterior.

—No pasa nada, amigo. A todos nos pasa.

—Ya.

—Ahora me tienes que explicar lo del seminario, porque creo que estás a punto de cometer el peor error de tu vida.

Matt no quería discutir. Tampoco tenía los argumentos para hacerlo. Lo escucharía hasta el final, y mientras prepararía sus argumentos.

—Matt, ese no eres tú. Tú eres el de ayer, el de las fiestas. El rey de la pista. El cazador de chicas. No me vengas con que quieres ser cura. Ni tú te la crees.

—No tienes ni idea. No es cuestión de querer.

—Pues que yo sepa, sí. No seré muy religioso, pero ser cura es duro. Si te vas, olvídate de esto, de las chicas, ¡de las chicas! O a poco eres...

Matt se molestó que empezara con esas tonterías.

—Eres un imbécil. Claro que no. No puedes entenderlo, aunque te lo explicara. Además si no soy para eso ya me lo dirán. Siento que tengo que hacerlo. Si en verdad no soy para eso, el tiempo se encargará. ¿No? No pierdo nada con probar.

—Como quieras, *dude*. Sólo digo que no lo veo. Y en el fondo sé que tú tampoco.

—No es cuestión de verlo o no. Antes lo pensaba así, pero si Dios quiere que hagas algo, ¿cómo puedes decirle que no? Además creo que la gente necesita curas normales, ¿no? Gente que entienda las cosas, que haya estado en un bar o en un antro alguna vez, que haya estado con chicas. Curas de carne y hueso, igual que nosotros. Con idénticas pasiones, idénticas manías, ¡que amen la vida! No sé si llegaré a serlo, pero si llego, seguiré siendo yo y creo que eso es bueno para el mundo.

Derek hizo el gesto como si estuviera cayéndose dormido sobre el plato, y fingió roncar mientras escuchaba.

—¿Ya terminaste el sermón?

—No te digo lo que eres porque hay niños atrás de ti.

—Ah, ya sé. Quieres ser Papa. Por eso te quieres lanzar. Me parece perfecto. Cuando llegues me invitas al Vaticano y montamos una fiesta legendaria.

—Cuando sea Papa, tú estarás en la cárcel.

Sabía que aunque Derek se burlara, en el fondo lo apoyaba. Matt no contaba con muchos amigos en Nueva York, pero los que tenía eran fieles. Podían no ser los católicos más comprometidos, pero eran personas de bien y los tenía a su lado siempre que los necesitaba.

Ese día pensó mucho en su futuro y en lo que venía. Aunque se había mostrado firme con Derek, en el fondo no sabía lo que estaba haciendo. No tenía ni idea del futuro, ni había pensado en la posibilidad de que lo del sacerdocio no funcionara. Su relación con Debbie había terminado. Sus padres ya conocían su decisión.

Su madre le apoyaba y su padre estaba en proceso. Era cuestión de un mes. En un mes dejaría de vestir sus costosos trajes y los cambiaría por una sotana negra. Su departamento sería una celda. Dios le había llamado. No sabía nada más.

Debbie

La noticia de la muerte del Padre David fue por mucho la peor noticia que Matt había recibido en su vida. En realidad, era la segunda vez que la escuchaba. Cuando falleció el Padre meses atrás, Matt acababa de ordenarse diácono. En ese entonces la muerte del Padre David supuso una tristeza sin precedentes en la historia personal de Matt. Sin embargo, sus resortes espirituales lo ayudaron a canalizar sus emociones y vivir el luto de su gran amigo en un ambiente de aceptación sobrenatural. Esto era diferente. El Padre David era todo para Matt. Lo necesitaba más que nunca. Además las esperanzas de encontrar el último recuerdo palpitaban cada vez más lento. Se encontraban moribundas, a punto de dar el último respiro. Se sintió sólo y abandonado.

—Estoy harto de intentar y no lograr nada. Ni un mínimo avance.

El doctor no sabía qué decir. Le hubiera gustado tener la solución y dar un diagnóstico acertado, pero no podía. El cerebro es impredecible.

—Puedes tomarte un descanso si quieres. No afectaría mucho los resultados. A veces es sólo cuestión de tiempo.

Las opiniones del doctor, aunque opiniones, tenían la autoridad suficiente para que Matt las interpretara como auténticas prescripciones médicas. Buscaba un pretexto. Quería ir a casa y descansar. Quería consuelo. Quería ver a Debbie.

Esa tarde se comunicó con sus padres y arregló todo para salir a los dos días.

Las ansias por regresar a Auburn crecían con el paso de las horas. Andrew lo seguía acompañando, aunque respetaba el luto que Matt vivía en silencio. No quería forzar las cosas. Prefería simplemente esperar a que lo necesitara, cosa que después de casi un mes de entrenamiento casi no sucedía. Matt se sabía defender en el seminario y las conversaciones con Andrew se limitaban a informarse de los cambios esporádicos de horarios de la casa. Un día antes de salir, Matt invitó a Andrew un habano, a lo que su amigo accedió sin muchas disertaciones.

—¿Te acuerdas cuando llegaste del hospital?

—Sí. Y ya mañana me voy.

—Bueno. ¿No estuvo tan mal, no?

Matt levantó las cejas mientras probaba su cigarro. Probablemente habría asentido sin titubeos si no hubiera sido por lo del Padre David.

—No, Andrew. No estuvo tan mal.

—Y ¿cuánto tiempo estarás allá?

—Pues no lo sé. Cuando vuelva la memoria.

Matt no se había puesto a pensar en un posible regreso. Para él era un viaje a casa que no necesitaba boleto de regreso. En verdad la cosa era al revés: estaba en su casa y su viaje era una visita.

—Mira. Yo sé que no estás en tu mejor momento. Pero escucha: en Nueva York hay un Padre que te conoce tanto como te conocía el Padre David. Se llama John. Fue tu director por cuatro años. Te llevabas muy bien con él. Eras su consentido.

—Pues no me acuerdo de él, así que da igual.

—No da igual, *dude*. No te cierres. El Padre David podía darte pistas de los dos o tres años antes de tu entrada al seminario. El Padre John fue tu guía y padre durante los primeros años en el seminario y sé que siempre seguiste en contacto con él. Puede que no llegues a tu último recuerdo, pero por lo menos puedes dar con los demás.

Matt fingía no estar escuchando, como si no le importara. No quería dar muestras de interés. En realidad estaba más atento que nunca. Cada palabra de su amigo estaba empapada de razón. Las esperanzas de Matt comenzaron a latir de nuevo.

—¿Y por qué no me lo habías dicho antes?

—Matt, vives una situación que ni tú mismo entiendes. ¿Cómo quieres que sepa yo qué decir y qué no? Esto también es difícil para mí. No seas egoísta.

Era la primera vez que Andrew se quejaba. Se notaba cansado y derrotado. Matt se sintió mal. Nunca le había preocupado el estado de Andrew, a pesar de que él había sido su salvavidas en el encrespado mar de su detestada amnesia. Le dio unas palmadas y lo abrazó.

—Perdón. Sé que no tienes la culpa, y tampoco tenías por qué hacer todo esto. Te prometo que después de ir a Auburn iré a Nueva York.

Al día siguiente Andrew llevó al aeropuerto a Matt. Salió a las 8 de la mañana y el vuelo sobre el Atlántico le pareció eterno. Vio las películas del avión y escuchó algo de música. Se sorprendió de la promiscuidad de las tramas. Todo le parecía anacrónico y extraño. La música le sonaba como de los 70′s pero con más percusión y sonidos muy electrónicos. La moda también era extravagante y graciosa. Prefirió dormir todo lo que pudo, y por fin llegó al aeropuerto de Sacramento.

Sus padres lo esperaban esclavizados a sus relojes y a las pantallas donde se emiten las horas de los aterrizajes.

—¡Hijo!

Los abrazó con toda la efusión y cariño que sólo un hijo es capaz de emanar.

—¿Y ese atuendo?

—Pues ya ves. Salí de compras...

Matt no iba vestido de cura. Sus padres lo habían visto con el distintivo clerical por los últimos doce años y se les hacía extraño ver a su hijo con camisa y jeans. De todos modos no hicieron más comentarios al respecto. La idea era que su hijo se desconectara de todo y descansara.

—Pues llegaremos a Auburn en una hora.

Matt se animó a preguntar por su "prometida". Estaba preparado para escuchar que Debbie estuviera casada y con hijos o incluso que hubiera dejado Auburn.

—Debbie está ansiosa por verte hijo —dijo su padre, como queriendo provocar en Matt un ataque de sentimientos.

—Ah, sí. Pues qué gusto. ¿Pero qué hace? ¿A qué se dedica?

—Trabaja en un centro asistencial de niños con problemas familiares y sociales. Ha alcanzado grandes logros y avances en la asociación. Tanto es así que la nombraron directora hace unos meses.

— Y está casada, supongo.

Megan esperó a que Joe contestara, pero él se distrajo con una de las salidas en la autopista y tuvo que responder ella.

—No, hijo. Está muy ocupada. Ha salido con varios chicos, entre ellos tu primo Sean. Pero no se ha casado. Vive para la fundación y para sus niños.

Matt pensó que eran excelentes noticias, pero no podía decirlo. Sabía que habían pasado doce años y que, para todos, él era sacerdote. De todos modos sentía un gozo inmenso de que su novia no estuviera casada y siguiera aún libre y a su platónico alcance.

Llegaron a Auburn y Matt vivió la modernización más rápida de la historia de una ciudad. Las calles eran las mismas pero todo era nuevo. Se alegraba cuando reconocía algo, pero la mayoría de las construcciones eran novedades para él. Sus ojos contemplaban extasiados el pasar de los años en pocos segundos. No creía lo que veía.

—Bienvenido a casa, hijo.

Entraron y Matt se dio cuenta que casi todo seguía igual. Megan se había dedicado con atención a arreglar toda la casa lo más fiel al pasado posible para evitar el *shock* de Matt, o al menos para suavizarlo. Se ocupó de adornar todo minuciosamente con cientos de objetos que su hijo pudiera identificar. Así sucedió. Matt pasó horas reconociendo cosas. Para él era normal que siguieran ahí, pero sabía que en su nuevo mundo era un milagro. Se alegraba de que, al menos en su casa, el tiempo se hubiera detenido.

—Estoy muerto y soy víctima del *jetlag*.

—Pues te aguantas. Tu madre cocinó tu comida preferida y además viene Debbie.

Matt revivió y olvidó su cansancio.

—Ya habrá tiempo para descansar después —dijo sonriendo descaradamente, aprobando al cien por ciento la decisión de su padre. Joe disfrutaba cada segundo, pero Megan no pensaba que había sido una buena idea. De todos modos disimuló lo necesario para tener paz en la casa.

Sonó el timbre.

—¡Debbie!

—Matt esperaba detrás de sus padres, y se emocionó tanto que fue y la abrazó. Debbie se puso roja de vergüenza y no sabía cómo reaccionar. Matt lo notó y pidió disculpas. Joe y Megan le sacaron conversaciones sin sentido para salir al paso de la incómoda situación. Se sentaron a cenar.

Al terminar, Joe y Megan se retiraron. Lo habían hablado antes: los dejarían solos para que pudieran hablar. Megan no estaba tan de acuerdo pero accedió. Joe tenía razón. El momento iba a suceder tarde o temprano, y era ingenuo y tonto tratar de evitarlo. Eran decisiones que Matt tenía que tomar y ellos debían respetarlas.

Se quedaron solos y comenzaron a hablar.

—Qué gusto me da verte de nuevo, Debbie. No sabes cómo te he extrañado. Me has hecho mucha falta.

Debbie escuchaba y no sabía qué decir. Sabía lo que Matt vivía, pero ella no podía responderle igual. Habían pasado doce años desde que su relación había muerto. Cuando escuchó lo del accidente, se preocupó por Matt. Poco a poco comenzó a darse cuenta que si el tiempo pasaba y Matt no recuperaba la memoria, su relación podría perfectamente reactivarse. De todos modos para ella eso estaba muy lejos de suceder. Ahora estaba hablando con su ex-novio aún sacerdote.

—¿Por qué no hablas?

—Porque no sé qué decir, Matt. Ha pasado mucho tiempo.

—Sí, lo sé, y te entiendo perfectamente. Pero sabes que te necesito más que nunca, ¿no?

Matt se refería a la memoria pero ella lo sintió como una declaración de amor.

—Matt, me da gusto que hayas vuelto. Pero esto no puede funcionar. Al menos no así. Necesitas recuperar tu vida, no volver al pasado.

—Hablas como un sacerdote que escuché hace poco.

—Pues ya ves.

—Mira, no te estoy pidiendo que volvamos a estar juntos. Sería absurdo. Aunque... debes saber que en mi mente... bueno, pues, aún lo estamos.

Para Debbie las últimas palabras pronunciadas por Matt fueron como música para sus oídos y comenzó a sentir que resucitaban uno por uno los sentimientos sepultados años atrás.

—Pero como digo, no pido eso. Sólo pido que me ayudes a recordar cosas, de los dos años antes de irme de

Padre. ¡No recuerdo nada! Tú eres de las pocas personas que me puedes ayudar. ¿Lo harías por mí?

—Claro, Matt. En lo que te pueda ayudar lo haré.

Matt sentía que Debbie era otra. Ya no había emoción, ni ilusión en sus palabras. Lo miraba poco. Matt decidió dar un paso más. Se acercó más a Debbie y le preguntó sin rodeos sobre su relación.

—Bueno, y ¿qué pasó? Digo, sé que entré al seminario, pero suena bastante extraño. ¿Me volví loco? ¿Terminamos por eso? ¿Por qué nos separamos?

—Sólo tú eres capaz de romper el corazón de alguien y regresar después de doce años preguntando qué pasó.

Había reproche y resentimiento en sus palabras. Matt entendió que la cosa no había terminado nada bien. De todos modos seguía disfrutando su papel de víctima inocente. No tener recuerdos tiene pros y contras. Los contras: olvidas los momentos que te definen, los que te hacen lo que eres y te hacen feliz. Los pros: no recuerdas tus errores ni las situaciones conflictivas, ni las metidas de pata. Ahora la amnesia jugaba a su favor y usó la carta sin remordimientos.

—Perdona. No tengo ni idea de lo que me estás hablando. Lo cual no quita que lo haya hecho.

—No, perdona tú. No debí haber respondido así. Es difícil verte a los ojos y pensar que eres el mismo que hace doce años. Simplemente necesito asimilarlo. Prometo intentarlo.

En ese momento entraron de nuevo sus padres.

—¿Qué tal?

—Bien, señora Collins. De hecho creo que debo irme, pero vendré mañana. Le prometí a Matt que le ayudaría a recordar algunas cosas. Si sirve mi ayuda lo haré con mucho gusto.

—Sólo que no recuerden mucho, ¡eh! —dijo Joe ladeando la cabeza y moviendo su índice como martillo.

Joe no perdía tiempo. Había comenzado la guerra por su hijo. Apostaría todo por conseguir que Matt se quedara para siempre. No habían pasado ni 3 horas y ya estaba lanzando la primera misiva.

Debbie sonrió, pero cambió inmediatamente el tema, poniéndose de pie y caminando hacia la puerta. Se despidieron y Matt se quedó observándola por la ventana mientras se alejaba por la calle hacia el coche. Quería salir detrás de ella, tomarla por la cintura y besarla apasionadamente. Dentro de él extrañaba a su novia. Haberla visto después de todo ese tiempo significó para él una tortura china. Pero no podía hacerlo. Tenía que ser fuerte. Al menos no así. Tenía que planear su regreso. Necesitaba una estrategia para recuperarla.

—A dormir, hijo. El doctor dijo que cuidáramos bien tu sueño.

—No recuerdo los últimos catorce años, no veinticinco ¿eh? No soy un niño tampoco. Pero si te hace ilusión: ¡sí, mamá!

Todos rieron. Matt se fue a descansar y se sentía feliz, seguro y cómodo. Desempacó todo y lo acomodó en su cuarto. Encontró un estuche negro con un letrero que decía: "Por si lo necesitas". Andrew lo había metido en su maleta. Lo abrió y descubrió que se trataba de todo lo necesario para celebrar la misa, administrar la extremaunción y bendecir. Hasta había enrollada una estola minúscula, como todo lo demás. Lo cerró y lo depositó sobre su escritorio.

Ya no le preocupaba nada del seminario. Por primera vez dejó de pensar en la muerte del Padre David para pensar en Debbie. Quería que pasara la noche y amaneciera cuanto antes para poder verla de nuevo. No sabía lo que pasaría con él, pero estaba dispuesto a reconquistarla. No le importaba nada más que estar con ella, y, mientras los recuerdos no regresaran, viviría como se le antojara. No tenía por qué seguir esforzándose y amargándose la vida. Se quedó dormido pensando en todo esto, casi convencido de que había llegado a Auburn para quedarse. No sabía que esa noche tendría un sueño. El sueño que rompería el primer barrote de la prisión de sus recuerdos.

De tal palo tal astilla

—¿Quieres tocino?

—Sí, por favor.

—¿Cuánto?

—Dos. Gracias.

El desayuno en la casa de los Collins llevaba dos días dividido por un telón de silencio. La causa: la guerra declarada entre Joe y su hijo. Matt se encontraba en casa para una última despedida antes de irse al seminario. Pidió un plazo en el trabajo, sabiendo que en ese tipo de oficinas nadie es insustituible. Fue un riesgo que decidió tomar.

El mutismo fue consecuencia de una encarnizada y campal pelea. Desde que Matt puso el primer pie en Auburn, Joe vivía atacándolo. Al inicio, Matt lo soportó, pero muy pronto comenzó a defenderse. Las discusiones eran auténticos bombardeos sin piedad. Después de discutir estaban sentenciados a compartir los alimentos en la misma mesa. El silencio era su barricada.

—¿Café? —ofreció Megan como si nada pasara.

—No, gracias —dijo Matt con la boca medio llena.

—Yo, sí.

Joe leía el periódico. De pronto lo cerró. Había terminado el plazo. Estaba armado para volver a atacar.

—Crees que lo sabes todo pero no tienes ni idea de lo que estás haciendo. No puedo creer que te hayas dejado lavar el cerebro por el Padre David. Todo un jefe del departamento de edición del periódico más difundido en el país. Me das vergüenza.

Los labios del joven Matt se fruncieron y comenzaron a temblar de coraje. Sus ojos atisbaban el contraataque que su boca estaba por descargar, pero su madre le robó la palabra.

—Basta, Joe.

—Basta nada —inquirió Joe con fuerza golpeando la mesa con la taza, provocando un maremoto y charcos de café—. Alguien tiene que decirle las cosas. No es posible que tire toda su vida a la basura por una estupidez.

—¿Crees que soy un idiota? —intervino Matt sin titubear—. ¿No puedes confiar en mí una vez en tu vida? ¡Claro que no! Porque eres un egoísta.

Volteó su mirada a su madre, quien intentaba decirle por telepatía que por favor parara, pero él se hizo el occiso.

—Y contigo igual. Siempre haces lo que el señor dice. ¡No sé cómo pueden vivir así!

Matt se levantó y dejó su plato comenzado. Sintió cómo en la boca se apretaban los dientes. Había desayunado huevos revueltos con coraje. Estaba satisfecho. Antes de doblar por el pasillo hacia su habitación, lanzó un último sablazo directo al corazón de Joe.

—Me da gusto largarme por fin de esta casa.

—Pues a mí más.

Sonó el portazo. Matt había olvidado el sonido que producía una puerta lanzada con fuerza. Había sido la música de fondo de toda su adolescencia. Semanas atrás estaba al frente de un equipo de profesionales del periodismo. Ahora se encontraba reviviendo su adolescencia, con portazos y todo. Echaba aire por sus fosas nasales y jadeaba como toro. Pensó que Nueva York le había cambiado, pero el carácter no es gripe. De hecho, su carácter no cambiaría ni con el tiempo ni con las circunstancias, sino con la voluntad. Tardaría en entenderlo. O te autodisciplinas, o la vida lo hace por ti.

Después de eso Matt salió arrastrado por sus nervios de la casa a dar un paseo por la ciudad. Su enojo lo timoneaba sin dirección. Caminaba, corría, se desahogaba. Llegó al parque recreacional de Auburn, donde se sentó a fumar. Observó a un grupo de *hippies* jugando al *frisbee*. Después de un rato, el olor de las hierbas que quemaban lo puso de pie y se dispuso a regresar a su casa, ya más tranquilo. Sabía que cuando las emociones están en su punto más crítico, la razón no funciona. Hacer tiempo fue la única y mejor medicina.

Aquel día, Megan se había reunido con su grupo de oración. Lo hacía cada semana. Ese día lo necesitaba más que nunca. Estaba entre la espada y la pared, o entre dos espadas. Los últimos días su casa se había tornado en un campo minado. Esquivaba balas en la cocina, en la estancia y en el comedor. Ninguno de los dos se había puesto en sus zapatos. Su corazón de madre también sufría, no sólo por los pleitos. Le partía el alma perder a su hijo, y con él a sus nietos. Decidió aprovechar la coyuntura y la ausencia de Matt para verse con sus amigas.

—¿Matt sacerdote?

—Sí, como lo oyes.

—¡No puede ser!

—¡Con lo guapo que es!

Todas opinaban. Todas eran expertas en el tema. Todas la felicitaban y compadecían a la vez.

—¿Qué insinúas, querida? Dios llama a quien quiere, ¿no?

—Sí, pero a Matt no. No puede ser. No lo veo.

—¿Y Debbie?

—Escuché que está devastada. Terminaron hace unos meses.

—Con razón.

—Megan, ¿lo dejarás?

—Es adulto. No es cuestión de dejarlo —respondió

Megan, haciéndose sorda a una pregunta que no quería responder.

—Bueno, pero ¿estás de acuerdo?

La pregunta se refería a algo mucho más profundo que un permiso. Matt había dejado su casa años atrás. Además a los veintitrés años uno sabe más o menos qué mundo pisa. La renuncia de Megan era mucho más dramática que el duelo de un nido vacío. Megan cedería su hijo a Dios, pero también su descendencia. Renunciaba a unos nietos que jamás nacerían.

—Supongo que sí.

No había llegado al "sí" cuando sus ojos vaciaron cubetas de lágrimas transparentes. Todas suscribían sus sentimientos, y a la vez se resistían al hecho de que el pequeño Matt tuviera que irse. Para las madres, los hijos son siempre sus bebés, aunque tengan bigote y sean más altos y grandes que ellas. Eran mujeres que rezaban por las vocaciones sacerdotales, pero por las ajenas. Rogaban para que se hiciera la voluntad de Dios.... en las vidas de sus vecinos.

—Es un privilegio. No escuches a estas viejas —instó Grace, una de sus amigas. No tenía un hijo sacerdote, pero sabía lo que decía. Tenía un hijo con síndrome de Down y les había compartido ya muchísimas veces sobre cómo el cromosoma extra de su pequeño se había convertido en una bendición para su hogar. Veía detrás de todo la mano providente de Dios. Si Él llamaba a Matt como sacerdote, sería una bendición y un privilegio.

—Gracias, amiga.

Fue el abrazo más sincero y consolador de la tarde.

Cuando llegó a casa Matt se encontraba en el patio trasero, sentado, cruzado de brazos, fumando y bebiendo whisky. Tomó una silla y se sentó a su lado. Matt apagó el cigarro. Su madre lo odiaba y en su presencia casi nunca fumaba, a no ser que su padre lo hiciera.

—Mamá, perdón por lo que dije. No es tu culpa.

Lo abrazó como si llevara tiempo sin verlo.

—Matt, es difícil para todos.

—Y él lo hace más difícil. No es posible que no pueda apoyarme ahora.

—Es sólo cuestión de tiempo. Conozco a tu padre. Se tardará pero al final te apoyará, ya verás.

—Pero mientras lo hace no lo aguanto. Cada vez que me dice algo es como si estuviera inyectándome alcohol en la herida. No puedo controlarme. Me altera demasiado, me supera.

Megan escuchaba y le acariciaba la mano y después la cara. Se impuso un breve silencio y Matt aprovechó para cambiar el tema.

—¿Crees que sea lo mío?

—No lo sé. Pero estoy orgullosa de que lo intentes. Quiero que recuerdes algo siempre. Esta será siempre tu casa. Nunca sientas que no puedes regresar. Aunque tu padre a veces no lo demuestre, te queremos como a nadie más en el mundo. La puerta estará siempre abierta esperándote. Y nosotros también. Cuentas conmigo hijo, ahora y siempre.

—Gracias, mamá. Necesitaba escucharlo.

—Mis amigas rezarán mucho por ti. Me lo prometieron esta tarde.

—Dios mío... ¿Las monjas?

—Sí, Matt, las monjas.

Se reían juntos y siguieron hablando, saltando sobre temas sin conexión ni lógica. Como suele pasar entre las personas que se aman.

Los días que siguieron parecían años. Avanzaban en cámara lenta. Parecían ir hacia atrás. Matt sólo esperaba la hora del viaje al seminario. Quería pasar por su garganta el trago amargo de la despedida. No sabía cuándo los volvería ver. Por fin sonó el silbato y el balón estaba en juego. Viajaría en autobús a Sacramento y de ahí abordaría al avión que lo llevaría a Nueva York.

—Cuídate, hijo. Y háblanos cuando llegues por favor.

—Sí, mamá.

—Te dejé en la maleta una nota con unos números de teléfono. Son amigos de tu padre, por si se te ofrece algo en Nueva York.

—Ok.

—Matt, no me estás escuchando.

—Sí te escuché. Que me dejaste unos números en la maleta.

Se despidieron relativamente rápido. Las despedidas no deben ser ni muy largas ni muy cortas. El tiempo suficiente para no dejar heridas. Lo que desgarró el corazón de Matt fue que su padre no le dirigió la palabra ni la mirada. Simplemente se dejó abrazar por él, sin devolvérselo. Eso fue todo. No fue despedida. Matt abrazó resentimiento. Ley del hielo. Matt tampoco hizo nada para reconciliarse. Su decisión estaba tomada y además era demasiado orgulloso para pedir una disculpa. No se imaginó que su orgullo provocaría un sisma que se alargaría más de una década.

Tentación

Las semanas se abrían paso entre los esbozos de su pasado y cada día era una pequeña vida. Matt disfrutaba cada vez más las vacaciones en su casa. Los primeros días fueron extraños, pero poco a poco la idea de quedarse en Auburn se iba convirtiendo en la mejor opción. Sus padres gozaban cada instante con él. En realidad llevaban años sin disfrutar tanto a su hijo, y aunque la situación no fuera la ideal, no se podían quejar. Su hijo estaba de regreso y eso los hacía felices, sin importarles mucho su amnesia prologada.

Debbie también había comenzado a disfrutar la convivencia con Matt. Seguía marcando su distancia, pero poco a poco comenzó a renacer su atracción hacia el sacerdote. Lo veía cada vez más como antes, aunque fingía no sentir nada por él. Exteriormente su relación con él era estrictamente terapéutica, pero en el fondo disfrutaba su compañía y cultivaba una secreta esperanza de que lo suyo volviera a funcionar. Donde hubo fuego, cenizas quedan.

—Matt. El fin de semana entrante habrá una marcha por la vida. Mi fundación asistirá para apoyar la causa. Me preguntaba si te interesaba ir. Estarán todos nuestros amigos. Muchos han estado preguntando por ti y quieren verte.

—Claro, ¡suena bien!

—¿Entonces irás?

—¿Es una cita?

—No. Es una marcha por la vida.

—Es broma. Sería un honor acompañar a la jefa. Puedo ir como secretario.

Cada día que pasaba, Matt intentaba ganar terreno y romper el hielo, pero Debbie se resistía. No podía dar la más mínima señal de que estaba interesada en él, y su estrategia era la rigidez. Respuestas cortas y sin glosa. Matt no se daba por vencido. Sentía que en el fondo se estaba resistiendo y no tardaría en morder el anzuelo. Todo lo que fuera pasar tiempo con ella era bienvenido.

La memoria no daba señales de regresar. Lo único que le dejaba un poco perplejo eran sus sueños. Soñaba todos los días con una cruz que le hablaba. La cruz era extraña. Algo que no recordaba haber visto más que en su fantasía. Tenía figuras y pequeños rostros alrededor. El Cristo parecía estar más de pie que crucificado. Las manos extendidas y un rostro sereno y apacible. En su sueño, el Cristo lo miraba a los ojos y movía la boca como si estuviera hablando, pero no escuchaba nada. Matt se intentaba acercar para descifrar algo, pero siempre que pensaba haber llegado lo suficientemente cerca para escuchar, se despertaba y el sueño se evaporaba entre sus manos. Comenzó a tenerlo todos los días, con la esperanza de que alguna vez el Cristo rompería su silencio y comenzaría a hablarle. Fuera de eso su vida en Auburn transcurría de lo mejor.

Llegó el día de la marcha. El objetivo que reunía a miles de personas era una manifestación pública a favor de la vida y de los no nacidos. Miles de jóvenes y familias se congregaban en varias ciudades de Estados Unidos para levantar su voz por los que no la tienen y el ambiente era de la alegría y el entusiasmo que caracterizan a los que luchan por nobles ideales. Eran las típicas cosas que ensanchaban el corazón de Debbie y de todos quienes buscaban lo mismo que ella. Matt también se sentía emocionado de volver a esas iniciativas que tanto le habían movido en la Universidad.

Matt se encontró con amigos que no había visto en años. En su mente habían pasado días, pero el drama y la emoción de los abrazos le recordaban que habían pasado años sin verlos. Le daba gusto ser el centro de atención y que todos fueran tan amables con él. Se sentía querido y valorado.

—Matt, te presento a Josh. Es el encargado de comunicaciones de la Asociación de Movimientos Pro-vida.

—Matthew Collins. Es un honor.

Se estrecharon la mano y Matt percibió que Josh lo miraba con admiración.

—Me enteré de tu historia. Debe ser duro estar así, pero me gustaría hablar contigo, ¿tienes un minuto?

—Sí, claro.

Se apartaron un poco del grupo y Josh pasó su brazo sobre el hombro de Matt, como para darle confianza y romper los formalismos.

—Debbie me contó tu historia y estoy impresionado. Es un caso sin precedentes.

Matt no entendía hacia donde iba el discurso y esperaba un poco más de información.

—Me impresiona sobre todo que el editor del New York Times haya terminado en un seminario.

Lo decía de broma. Muy pocos habían entendido la entrada de Matt en el seminario y él era uno más de los que lo consideraban un milagro.

—Bueno, como te imaginarás yo tampoco lo termino de creer. Si sabes la historia, te agradecería que me la contaras.

—No debe ser nada fácil lo que vives. Quería hablar contigo sobre lo siguiente: he hablado con amigos sacerdotes y obispos sobre tu caso. Todos me comentan que por la situación en la que estás, lo más probable es que tendrás que dejar el sacerdocio y comenzar de nuevo tu vida. Sé que tal vez me estoy adelantando pero quiero que sepas que me encantaría contar con alguien como tú en la mesa directiva como jefe del departamento de comunicación. Necesitamos mejorar nuestra oficina central y un editor experimentado como tú podría ser exactamente lo que necesitamos.

La información entraba demasiado rápido por los oídos de Matt y se comenzaba a saturar en su cerebro. Eran como una caravana de coches estampándose uno contra el otro. Le agradaba la idea de que más sacerdotes supieran de su caso y se mostraran favorables a la dispensa sacerdotal. De todos modos la baraja se mezclaba demasiado rápido.

—No sé qué decir. En realidad ni yo mismo alcanzo a entender lo que está pasando. Me estoy tomando unos días de descanso para tratar de ordenar todo. Los doctores aún piensan que la memoria puede regresar en cualquier momento.

—Sí, sí, claro. Perdona por meterme en lo que no me importa. Sólo que al verte sentí que te lo tenía que decir. Te dejo mis datos por si decides aceptar la oferta. Sin presiones, tómate el tiempo que necesites. Si se te ofrece algo de mí, cuentas con ello. Lo mismo si necesitas hablar con algún obispo o sacerdote. Tengo buena amistad con algunos.

Debbie interrumpió la conversación. Repartía los cartelones que utilizarían para la marcha. Decían cosas como: "*I'm pro-life generation*" o "*Give life a chance*" o "*stand 4 life*". Josh se despidió y Matt regresó con sus amigos, con quienes pasó unas agradables horas. Contemplaba el hermoso ambiente en el que Debbie había continuado su vida. Le fascinaba que pasaran los años y ella no sólo no hubiera cambiado tanto, sino que se hubiera vuelto mejor. Su madurez adquirida por los años era una razón más para estar perdidamente enamorado de ella. Todo cuadraba: su vida le estaba saliendo al encuentro. Ahora el destino se encargaba de juntarlos de nuevo. Después de todos esos años estaban ahí compartiendo ideales, haciendo algo bueno por la sociedad y parecía que Dios le regalaba una segunda oportunidad. No encontraba otra razón ni otro modo de interpretar lo que le pasaba. La tarjeta de Josh le quemaba el bolsillo. Era la señal de Dios para volver a comenzar.

Ese día volvió a su casa convencido de que se quedaría en Auburn. Pasó toda la semana investigando en internet sobre las causas por las cuales un sacerdote puede dejar el ministerio. Comenzó incluso a escribir una carta. No sabía exactamente cómo comenzar ni a quién dirigirla. Escribió lo más formal que pudo. Pediría la dispensa sacerdotal al mismo Santo Padre. Las líneas que tecleó serían el aperitivo de toda la documentación e historia completa de su amnesia que anexaría después. Le quedaba claro que era algo serio, pero su amnesia inclinaba la balanza a su favor. No encontraba ningún argumento que le persuadiera de lo contrario.

Seguía viendo a Debbie, casi todos los días. Se las arreglaba para verla lo más frecuentemente posible. Un día, después de pasar horas viendo fotos y tratando de recordar, Matt comenzó de nuevo a coquetear y a intentar que Debbie mordiera el anzuelo que llevaba tiempo lanzándole.

—Eres perfecta.

—¿Qué?

—Que eres perfecta.

—Matt, no te burles.

—No me burlo. Estoy diciendo la verdad.

Los ojos de Matt, que tantas veces había visto, le estaban diciendo que ya no hablaba de la destreza y organización con que ordenaba y presentaba el material mnemotécnico.

—Matt, para. No está bien.

Debbie se puso de pie, pero Matt se alzó con ella, y con un control remoto puso música. La única canción que sabía que podría despertar en ella los recuerdos que él sí recordaba.

—Edwin McCain —dijo Matt sonriendo—. Creo que esta era de tus preferidas.

—Sí, Matt. Recuerdas bien... Lo que quieres.

—¿Recuerdas aquella noche del baile en la universidad?

—¡Cómo olvidarlo! Cuando me tiraste un *cocktail* en mi hermoso vestido.

—Ya te pedí disculpas por eso, rencorosa. ¡Vamos! Disfruta un poco.

Matt se sentó, sirviendo dos copas de vino, cosa que tenía al lado del sofá desde el inicio. Todo era parte de un plan maestro.

Las notas comenzaron a empalmarse, formando la única melodía que era capaz de activar la memoria afectiva de Debbie. Ahora Matt era quien le recordaba. Debbie se dejó llevar, y tomó asiento junto a Matt, aceptando el vino. Matt comenzó a cantar cuando llegó su parte preferida.

"I'll be your crying shoulder,
I'll be love's suicide
I'll be better when I'm older,
I'll be the greatest fan of your life."

—Cantas horrible, como siempre.

—¿Es broma? Claro que no, canto perfecto.

Y siguió, provocando risas y carcajadas de su ex-novia. Así siguieron, hasta que Matt la tomó del cuello y la besó. Aunque la movida de Matt fue demasiado rápida, Debbie pudo haberlo rechazado, pero no lo hizo. Se dejó besar y, dejándose, también lo besó. Y así duraron, hasta que el beso llegó al cerebro de Debbie.

—No, Matt... no está bien.

—¿Por qué?

—¡Porque eres sacerdote!

—¿No te das cuenta de que no lo soy ni lo quiero ser? Esta situación durará lo que duren los papeles. Ya he empezado la carta. No tiene sentido seguir fingiendo que no sientes lo mismo que yo.

—Aún eres sacerdote, Matt. Todo esto está mal.

Lo decía como quien acabara de cometer el crimen más cruel y flagrante de la historia. Y como criminal que era, sólo quería huir. Tomó su bolso, y dejó muchas cosas sobre la mesa de la sala donde estaban. No podía prolongar su estancia en la escena del crimen. Salió lo más rápido que pudo, y Matt se quedó solo, con las viejas memorias y las de los últimos días, como antes.

Pasaron varios días sin hablarse. Matt no sabía en qué iba a terminar esa separación, pero sabía que no podía durar demasiado. Con el beso, Matt confirmó que Debbie seguía enamorada de él. Sólo pensaba en darse prisa con la redacción de la carta para pedir la dispensa a la Santa Sede, y así poder estar libre de nuevo. Eso convencería a Debbie y daría la estocada final. Era lo único que le faltaba.

Una noche, soñaba como de costumbre con su Cristo mudo, sonó el teléfono de su casa. La vibración fue seguida por los gritos alarmantes de un timbre que a esas horas de la noche pueden causar un infarto. Era la 1:30 de la mañana. Era Debbie. Matt tenía un sueño ligero y fue el primero en escuchar y contestar la llamada.

—¿Matt?

—¿Debbie? ¿Qué pasa?

—Matt, perdona que hable a esta hora. De hecho llamé a varios sacerdotes, pero ninguno me responde. Uno de los niños del centro asistencial ha tenido un accidente y es urgente que vengas. Está muriéndose. Necesita los santos óleos.

—Debbie, ¿de qué hablas?

—Eres sacerdote, Matt. Yo tengo todo lo necesario aquí. Por favor. Ven cuanto antes. Es de vida o muerte. Sólo basta que quieras hacerlo. Te veo aquí.

Colgó. El corazón de Matt comenzó a latir tan fuerte que pensó que se le saldría. No tenía ni idea de lo que estaba a punto de hacer. Buscó desesperado en su maleta. Tomó el estuche negro y vistió por primera vez su camisa clerical desde que el accidente había pulverizado sus recuerdos.

Corbata por sotana

—El día de mañana vendrá nuestro provincial, el Padre David. Nos celebrará la misa y comerá con nosotros. Tendremos un día de descanso y convivencia con él. En la noche entregará las sotanas a los postulantes.

—¡Por fin! —dijo Matt a sus compañeros. Les presumía que era un gran amigo de él y que lo conocía de años. Les había platicado antes de sus grandes aventuras y todos en el seminario querían conocerlo. Él estaba feliz pues finalmente podría hablar largo y tendido con quien había construido los grandes pilares de su vida.

Esa noche no durmió pensando que al otro día hablaría con el Padre David. Tenía mucho que contarle. Decidió desvelarse para escribir todo lo que sentía y poder narrarle todo con detalle. No podía omitir nada. Sus primeros dos meses en el seminario eran vagones repletos de experiencias inolvidables y luchas diarias que estaban a punto de llegar a su primera parada definitiva: la entrega solemne de sotanas negras para los postulantes.

Al otro día esperaba en la capilla la entrada de la procesión. Por fin irrumpió su héroe. Caminaba hacia el altar por el pasillo central tan concentrado como siempre. El Padre David era jovial y muy espontáneo, pero cuando celebraba misa se convertía en otro. Se dejaba poseer por el rito, como si nada ni nadie importara más que su Dios y Señor que bajaba a sus manos en el momento de la consagración. Matt intentó vivir la misa como su modelo, pero se distraía al verlo y comenzaba a pensar en el discurso que había preparado para después.

—¡Padre! —Matt corrió hacia él después de la misa, escabulléndose a la sacristía para darle un abrazo, sin importarle que siguiera vistiendo los ornamentos sagrados. Lo levantó del abrazo y causó varias caras de sorpresa e indignación por parte de los padres que se encontraban alrededor. Les pareció más que irreverente.

—¡Matt! ¡Qué gusto! ¡Pero tú no cambias, hombre!

Comenzaron a hablar. Los padres le indicaron que tenía varias reuniones, pero el Padre David se las arregló para darle prioridad a su discípulo más amado. Matt ni siquiera se dio cuenta. Esperaba que lo hiciera y no conocía el protocolo con que se recibe al provincial en un seminario. Para él era su amigo que venía a visitarle después de un largo tiempo.

—Padre, tengo muchas cosas que contarle y no sé ni por dónde empezar. Las escribí todas para no olvidar nada.

—Dios mío, pero ¿qué es esto? ¡Es una novela!

—No, sólo son algunas páginas. Pero tendrá que escuchar todo. Usted es el culpable, así que ahora se aguanta.

El Padre David soltó su carcajada. Le emocionaba ver a Matt tan contento y realizado. No había podido ir antes y se alegraba de que por fin pudiera estar a solas con él y escuchar cómo Dios había actuado en su alma en los últimos meses.

Matt le contó todo. Las dificultades de los incipientes días de acomodo, las clases, los paseos al campo con sus compañeros, los ratos de adoración, el deporte, la comida... No había cosa que Matt dejara pasar. Todo le hablaba de Dios. Se había aventurado a salir de la cómoda envoltura de su ordinario pasado para iniciar su exploración en el reino de lo extraordinario. Las dificultades se veían como pequeños enanos frente al gigante entusiasmo de quien sigue a Dios por primera vez. Quería comerse el mundo. Era su lugar. No negaba sus dificultades para orar y para realizar trabajos manuales. Después de todo estaba acostumbrado a mandar y a que las cosas se hicieran a su manera y en el momento. Ahora era uno más y la sencillez de su nueva vida era lo que más le costaba. Aun así, estaba dispuesto a eso y más por seguir su camino.

—Matt, me alegra mucho escuchar todo esto. Sólo que me dicen que eres un poco ruidoso e impulsivo. Debes aprender a controlarte.

—¿Quién se lo dijo? Seguro el Hermano James —instó Matt algo molesto. El Hermano James era su formador.

—No importa quién me lo dijo. Sólo que debes aprender a dejarte moldear. Esto apenas comienza, joven. La humildad es la única condición que se te pedirá durante toda tu vida religiosa. Lo demás vendrá poco a poco. Pero tú tranquilo, los padres te estiman mucho.

—Claro, ahora arréglela.

—Es más fácil desviar el cauce de un río que el carácter de un hombre. Ten paciencia. Bueno, y ¿qué más te ha dicho Dios, Matt?

—Pues creo que este es mi lugar. Siento que Dios quiere que me quede. Me ha hablado bastante claro. Me cuestan muchas cosas, no se lo niego. No entiendo por qué no pueden ser capaces de despertarse un poco más allá de las 6:15 de la mañana, incluso los domingos. No tienen problemas para desvelarse pero sí para despertarse más tarde. Están un poco obsesionados.

El Padre David sabía que era verdad, aunque tenía su razón de ser. Son de esas costumbres milenarias que hacen del seminario lo que es.

—También me cuesta rezar, el silencio, y a veces el trabajo.

—Bueno, pues es normal. ¿Pero te digo un secreto? Si esto no costara, todo el mundo se metería al seminario. Es una buena manera para que sólo vengan los que en realidad tienen un llamado de Dios.

Matt sonrió, reconociendo la broma y esperando la verdadera explicación.

—El silencio es una condición necesaria para poder hablar con Dios. No es el único modo, pero sí es esencial para quien pretende conocer los misterios más profundos de su corazón. Es verdad que cuesta, pero me atrevería a decir que sólo quien sabe hacer silencio en su corazón puede tener un encuentro transformante con Dios. Y el silencio interior se aprende con el exterior.

Matt entendía el punto, pero no le motivaba en absoluto. Al menos no en esos temas. Seguía pensando que era exagerado.

—Sólo quien se siente llamado por Él es capaz de superar todo eso y vivirlo con serenidad y amor. Así que ese será tu termómetro. El amor, Matt. No lo olvides. Cuando un hombre tiene un porqué soporta cualquier cómo.

—Sí, Padre, intento vivirlo así. Fuera de eso Dios ha sido descaradamente claro. No he tenido visiones ni nada raro. Simplemente lo sé. Tal vez no sienta que sea LA mejor opción, pero sí MI mejor opción. No sabría explicarlo.

—*Si comprehendis, non est Deus.*

—Traduzca. No sea presumido.

—Si lo entiendes, no es Dios. Lo dijo San Agustín. Habrá muchas cosas de Dios que no entenderás. Algunas sí, pero muchas otras no.

—Pues suena bien. Déjeme lo apunto.

Matt sacó su diario, que había empezado escribir meses atrás por consejo del Padre David.

—Bueno, Matt. Pues esta noche recibirás la sotana. No sabes lo emocionado que estoy de poder ser yo quien te la entregue. Dios ha arreglado todo para que sea así. Estoy muy orgulloso de ti.

—Ahora sigue usted. Será mi jefe pero sigue siendo mi amigo. Cuénteme cómo está. ¿Qué tal su nuevo trabajo?

Dicen que un buen amigo es el que te pregunta cómo estas y se espera a oír la contestación. Así sucedía entre el Padre David y Matt. El Padre comenzó a contarle algunas cosas, pero no fue exhaustivo. El trabajo de un provincial está marcado por la soledad de las decisiones. Había muchas cosas que llevaba en su corazón, pero se quedarían allí. Se limitó a contarle sus viajes y sus aventuras en las casas y los proyectos pastorales de la orden en el país. Matt escuchaba admirado de la labor de evangelización que los sacerdotes llevaban a cabo y se moría de ganas de llegar a ser un soldado más de ese ejército de Dios.

Pasó buena parte de la tarde orando en la capilla. Pedía a Dios fuerza y perseverancia. Llevaba su cruz, la que recibió el día de su llamado. Le recordaba su historia y su pasado y al mismo tiempo le proyectaba hacia su futuro con confianza. Se sentía en paz y ansioso por vestir el uniforme que lo haría parte activa del instituto. Había esperado ese momento durante meses. Por fin llegaba la hora.

Recibió la sotana de manos de su Padre espiritual. La besó con fervor mientras la tenía en sus manos y corrió a su celda para ponérsela. Se miró al espejo. Se impactó al verse así. "Hermano Matt" se dijo en voz baja. Ni él se la creía. La sonrisa se le había congelado y no podía deshacerse de ella. Corrió al cuarto del Padre David aunque fuera de noche para presumir su nuevo juguete.

—¡Padre, mire!

—Deja que te tome una foto para mandarla a tus padres por correo, Matt. ¡Qué impresión! Te ves muy bien.

—Padre, quiero que conserve esto.

Matt le entregó su diario.

—Pero esto es tuyo, Matt. ¿Yo qué hago con esto?

—Quiero que me lo cuide usted. Es la historia de mi vocación y me gustaría que la leyera de vez en cuando, para que me recuerde siempre y pida a Dios por mí.

—No sé qué decir, Matt. ¡Qué honor! Gracias...

Se abrazaron fuerte y prolongadamente. Los dos lloraban en silencio. Esa noche ya no los unía sólo una amistad pasada, sino que compartían un mismo ideal de vida. Su futuro estaba inexorablemente unido por una misma misión que su Señor les había confiado. Eran hermanos y a partir de esa noche pelearían juntos en la misma barricada para conquistar el mundo para Dios.

—Otra cosa, Matt.

—Sí, Padre.

—El Padre John será tu superior. A él confíale todo como lo harías conmigo, ¿quieres? Es un gran sacerdote y muy amigo mío. Te ayudará muchísimo.

—Si usted lo dice, claro que lo haré.

El Padre David conservó el diario de Matt hasta su muerte doce años después. Lo leería por última vez días antes de la ordenación diaconal de Matt. Nunca habría imaginado que esas páginas serían un día elocuentes testigos de una memoria olvidada.

Memoria entre los dedos

Se bajó corriendo del coche y cruzó la entrada del centro asistencial como un relámpago que se clava en la tierra en medio de una tormenta. Encontró a varias personas que le iban indicando cómo llegar al lugar del accidente. Por fin llegó y se arrodilló junto con Debbie para asistir al moribundo. Debbie tenía todo preparado.

—Debbie, no sé ni por dónde empezar.

—Toma.

Debbie le acercó un ritual donde venían las fórmulas para administrar el sacramento. Matt sacó el óleo y la estola, que se colgó sobre el cuello.

—Sólo sigue el rito. Supongo que ahí está todo.

Los nervios le sacudían todo el cuerpo como trallazos eléctricos. Los sollozos del muchacho circulaban de los pies a la cabeza y le corrían como ondas hasta el extremo de los dedos. Todos sus miembros eran víctimas de un temblor incapaz de ser templado ni por los calmantes más fuertes. La boca y los dedos de Matt comenzaron a recordar lo que su mente había olvidado. El rito y la unción se desarrollaron con cierto fervor. Se hubiera podido decir que no era Matt quien lo realizaba. Se había convertido en alguien más.

—Tranquilo. Estarás bien. Estás con Jesús. Tranquilo.

Debbie consolaba al moribundo como pocos. Tenía experiencia pues había aprendido de su madre a ayudar a los desahuciados a bien morir. Ponía su boca al lado del oído del niño y le hablaba tiernamente de Jesús. Le extrañó que Matt supiera también cómo consolarlo, pues no recordaba que de joven hubiera hecho algo semejante. Esa noche también ella fue testigo de una extraña e inesperada transformación.

El muchacho murió después de unas horas. Lo introdujeron con cuidado en una bolsa de polietileno con cremallera, de las que usan para los cadáveres, y lo subieron a la ambulancia. El vehículo se puso en marcha, internándose en la oscuridad que estaba a poco de ceder el turno al amanecer. Se lo llevaron al forense y Debbie se quedó para terminar los procedimientos necesarios en el centro asistencial. Gracias a Dios eran pocos los niños que se habían dado cuenta, y los mandó rápido a dormir, para poderse dedicar a responder los brutales y desconsiderados interrogatorios que le hacen a uno en esas situaciones. Matt esperó fuera, sentado en la escalera de la entrada del centro, escéptico de lo que acababa de suceder. Miraba en silencio a ratos el cielo estrellado y a ratos sus manos. Después de unas horas, una vez que Debbie hubo despedido a todo el mundo, se unió a su meditabundo ex novio sentándose a su lado, cansada de tantas horas de tensión y desconsuelo. Por fin quedaron solos y Debbie habló.

—Gracias, Matt.

—De nada.

No sabían qué decir. Sólo suspiraban. Lo que habían vivido superaba sus procesos de abstracción. Sus rostros se encontraban marcados por la tensión.

—Debbie, perdón por el otro día... —dijo Matt tratando de romper el hielo.

—Matt, eres sacerdote y sería tonto negarlo. Tienes que luchar por recuperar lo que tienes. Hoy Dios actuó claramente a través de ti. No puedes rendirte ahora. Debes recuperar tu vida.

—Es fácil decirlo, pero ya no sé qué hacer.

—Yo tampoco, Matt, pero debes intentarlo todo. ¿Hay algo más que se pueda hacer?

—No lo sé. Creo que sólo me queda ir a Nueva York. Al parecer allí empezó todo esto, ¿no?

—Buena idea.

Se encontraban sentados en las escaleras de la entrada del centro asistencial.

—Cuando te fuiste sufrí mucho, Matt. Creí que estabas loco. Nunca entendí bien lo que estabas haciendo y cómo fuiste capaz de tirar todos los años que estuvimos juntos a la basura. Sentí que me arrancaban la piel. Pero esta noche por fin comprendí todo. Lo que tienes entre manos es demasiado grande y no es tuyo. Le pertenece a Dios y a los demás. Al fin entendí lo que me dijiste aquel día que terminamos: "¿Cómo le puedo decir no a Dios?". Tenías toda la razón, y aunque no lo recuerdes te pido perdón por no haberte apoyado entonces.

—No tienes por qué hacerlo. Seguro cuando te lo dije, lo hice con el tacto de un elefante.

—Algo hay de eso. Me lo dijiste por teléfono.

—Ups...

—Me llamaste un día, después de no haberlo hecho durante semanas. Yo sabía que algo pasaba, pero no quería afrontarlo. Simplemente trataba de convencerme que estabas ocupado. Me contentaba con tus mensajes. Cuando respondí y escuché tu voz, sabía que querías terminar conmigo, pero no imaginaba el porqué. Por fin me explicaste y te dije de todo. Descargué mis reproches contra el micrófono del teléfono, como si tuviera él la culpa. También dije cosas horribles del Padre David, que en paz descanse. No volvimos a hablar. Pasaban los meses y me enteraba por tu madre sobre tus avances en el seminario. Poco a poco me fui olvidando de ti. Fue muy difícil, pero finalmente lo logré. Hasta ahora que regresaste.

Matt escuchaba avergonzado, pero no tenía fuerzas para responder. Tampoco sabía qué decir. Esperó a que ella cerrara el tema.

—Pero bueno. Ahora déjame corregir mi falta y cerrar un círculo. Tú renunciaste a mí hace años con la más absoluta de las conciencias, aunque no quise reconocerlo en su momento. Elegiste un amor más grande que el mío. Ahora soy yo quien te lo tiene que decir. Eres propiedad de Dios. No te rindas tan fácil. Lucha por encontrarte de nuevo. No te canses de buscar.

—Gracias, Debbie.

Fue lo único que se le ocurrió.

—Debo irme, pero creo que tienes razón: saldré a Nueva York en cuanto pueda. Gracias de nuevo.

Matt la abrazó y se despidieron. Después del abrazo, Debbie decidió poner fin a sus esperanzas de volver con él y selló con un último beso en la mejilla lo que sentía por él. A Matt se le cayó el aliento de la boca y le resbaló por el cuello.

—Matt, procura olvidarme. Ya lo hiciste una vez.

Los sentimientos que sentían el uno por el otro se escurrían de su rostro hasta el suelo. No querían que terminara. Matt la vio alejarse y cada paso lo hería y lo llenaba a la vez de una nueva savia que lo espoleaba. Sus deseos de estar con Debbie se convertían en fantasmas. Sabía lo que tenía que hacer. Debía ir a Nueva York, y así cumpliría la casi olvidada promesa que le había hecho a su amigo Andrew de buscar al Padre John.

La pasión vino enseguida. Voces interiores, todas diferentes que presentaban planes y proyectos diversos. Cada una con una solución mejor. Sentimientos, sueños, recuerdos, estrujarse los ojos con los puños, tentaciones retóricas, deseos más o menos brutales y hombría. Hacer lo correcto. Coherencia. Recuperar su vida. Volver a Nueva York, aunque no recordara la última vez que estuvo ahí.

Pasó lo que quedó de la noche en vela y cuando el sol entró por su ventana Matt estaba convencido de que debía regresar a Nueva York. Buscaría un momento de tranquilidad para hablar con sus padres. Les contó la revolucionaria experiencia del día anterior. Reemprendería su camino de recuperación de la memoria. Su padre, que ya se había autoproclamado vencedor de aquella guerra, fue el primero en chistar.

—No irás a ningún lado. Estás muy bien aquí. Sólo necesitas más tiempo, hijo. No fuerces las cosas.

—Siento que debo irme. Ya lo he decidido. No puedo seguir esperando con los brazos cruzados. Estoy a punto de descifrar el acertijo pero necesito inspiración, y aquí ya no la encuentro. Necesito evocar recuerdos. Aquí sólo evoco mis gustos.

—Debes confiar en nosotros, hijo. No estás para tomar decisiones.

—Perdí la memoria pero no soy un niño, papá.

—Hablas igual que antes. Se ve que no cambiaste nada.

—Pues tal vez deberías dejar de querer controlar todo y aceptar de una vez que tu hijo tiene vida y que nunca quiso vivir la tuya.

—Pensé que aprovecharías esta oportunidad para corregir las estupideces de tu pasado, pero veo que todo se repite. Eres un necio.

Su padre se retiró, pero su madre se quedó. Se sentó junto a él en el sofá. Lo abrazaba y acariciaba en silencio.

—¿Cómo lo aguantas, mamá?

—Tiene su lado, Matt. Sólo que ustedes siempre chocan, y más cuando se trata de decisiones. Trata de entenderlo. Te quiere demasiado y sintió que te podía recuperar. Llevaba años asimilando lo del sacerdocio ¿sabes? En realidad nunca lo aceptó pero disimulaba bien. Se dio por vencido cuando supo que te ordenabas. Por fin lo había aceptado y de pronto... pasa esto.

—No sabía esa parte de la historia.

—Te lo digo para que lo trates de entender. Ahora tienes la oportunidad para hacer mejor las cosas. Cuando te fuiste te desesperabas cuando hablabas con él. Él te trataba de convencer y tú no te dejabas. Terminaban siempre peleando. Es tu oportunidad para recuperar a tu padre. Esta noche habla con él. Los dejaré solos. Yo me encargaré de tu viaje a Nueva York.

Lo besó y lo siguió acariciando. Matt, a pesar de tener edad, se dejaba querer. Las madres son capaces de convencer con pocas palabras hasta a los hombres más duros. Aunque sean sacerdotes.

Matt entendió que a su padre se lo tenía que ganar con humildad y con diálogo. Preparó cena para cuando llegara del trabajo, sacó el whisky y los cigarros, placer que compartían desde sus años en la universidad. En realidad Joe había sido quien lo había iniciado en el vicio.

—¿Qué es todo esto? ¿Dónde está tu madre?

—Parece que es una de sus estrategias para que hagamos las paces.

—Pues yo no tengo nada que hablar con un necio como tú, así que con permiso.

—No, no, no. Seré necio pero soy tu hijo y estoy en una situación difícil, así que no seas tan duro, ¿quieres? Siéntate y cenamos. Necesito que me ayudes, no que me tortures.

El tono de Matt era amable a más no poder. Había cambiado la maniobra. Dicen que los buenos recuerdos duran mucho tiempo pero los malos más. Pero el hecho de no recordar sus peleas anteriores le daba licencia para tratarlo de modo diferente. Movía las fichas con mayor libertad.

—Papá, sólo quiero que sepas que no hago esto por llevarte la contraria.

—En el fondo sí lo haces por eso. Nunca quisiste seguir mis consejos. Hiciste siempre lo que se te pegó la gana.

Matt estaba a punto de defenderse y desenvainar la espada, pero se controló y la dejó en su lugar.

—Sólo quiero ser feliz papá. Tienes que entenderme. Si tú no lo haces, no sé quién lo hará. Necesito que me apoyes. Ya lo habías logrado, según lo que me platicó mi mamá. Quizás antes hice mal las cosas y nunca te expliqué bien lo que pasaba. Ahora ni siquiera yo encuentro explicaciones, ni sé lo que estoy haciendo. Pero dentro de mí siento que debo ir detrás de algo, aunque aún no me quede claro bien qué es. No lo puedo hacer solo. No esta vez. Tal vez lo hice una vez, pero ahora no puedo llegar solo a la meta. Necesito tu apoyo.

Joe mantenía su cara rígida, pero los años lo habían ablandado. No podía continuar tratando a su hijo como un niño. No podía dejarlo solo. Por más que le doliera, debía renunciar a él por segunda vez.

—Te prometo que si la memoria no vuelve regresaré a casa. ¿A dónde más iría?

Joe se rompió. No lloró porque iba contra sus principios, pero abrazó a su hijo sin emitir sonido alguno. Un abrazo de Joe valía más que una cascada de palabras y Matt lo sabía. Se alegró de que la cosa no hubiera sido tan difícil, y se sorprendió de la sabiduría de Megan.

Días después Matt salió primero a Sacramento y luego a Nueva York. Pero como de costumbre Dios le tenía preparada otra sorpresa. Antes de salir, Matt recibió un correo de Andrew. El correo decía lo siguiente:

"Matt, encontramos esto en tu ordenador. Perdona que no te había comentado pero lo olvidé, y como sabía que no recordarías la clave, la mandamos a un lugar donde pudieran acceder a la información sin formatearla. Por fin nos pasaron la información que lograron recuperar. Encontré este vídeo. ¡Eureka! Creo que te servirá muchísimo. La evidencia está en Nueva York. ¡Suerte, *dude*! Se te extraña. Cuéntame tus aventuras y no me olvides (por segunda vez, jaja). Tu amigo, Andrew".

Terminó de leer y reprodujo el video.

Tercera Parte: **Decisiones**

"El pasado es un prólogo"
— WILLIAM SHAKESPEARE.

Discernimiento

—Pase.

Matt esperó a que saliera el hermano que se encontraba dentro de la oficina del Padre John y entró con su cuaderno, sujetado por sus dos manos.

—Siéntese, hermano.

—Gracias, Padre.

—¿Cómo está?

—Yo muy bien, ¿usted?

—También, también.

La formalidad con el Padre le había costado adquirirla. Los primeros meses trató al maestro de novicios como había tratado siempre al Padre David, pero se dio cuenta que no podía. El padre John, aunque era extraordinariamente cercano, marcaba su distancia.

—Bueno, hermano, y después de un año... ¿qué me puede decir? ¿Cómo se siente?

—Como se puede imaginar, escribí las cosas.

—Sin edición, hermano. Expóngalas como si estuviera diciéndoselas al Padre David.

El Padre John le estaba dando permiso para soltarse un poco, y deshacerse de su rigidez. Cuando se entra en el seminario, al inicio hasta el más relajado y suelto se endurece un poco. El principiante es una esponja y tiende demasiado a querer cumplirlo todo sin mucho sentido común. Es parte del proceso normal de los novatos, y hasta cierto punto necesario.

—Con el Padre David también escribo las cosas, no crea que no.

Trató de arrancar el nerviosismo de su garganta con la tos, pero no funcionó. Empezó a contarle sin más lo que sentía.

—Pues en general bien, pero no es fácil. Me tengo que hacer mucha violencia, y no sé si es normal.

—¿A qué se refiere?

—El postulantado fue la fase de enamoramiento, y las primeras semanas de novicio también, pero después de algunos meses comencé a oxidarme y extrañar mi vida pasada, mis costumbres... se puede decir que resucitó el viejo yo.

—¿Qué esperaba?

—Que desapareciera y se quedara junto con todo lo que dejé.

—No es tan fácil.

Matt comenzó a contarle las cosas que más le costaban.

—La disciplina es exagerada y eso que dentro de lo que cabe, soy bastante ordenado. Se obsesionan demasiado con el silencio. Le llaman descanso a lo que no es. No me diga que subir montañas y arreglar el jardín es descansar.

El Padre sonreía y le pedía que prosiguiera. Percibía que no había terminado.

—Algunos de mis compañeros parecen niños y no soporto sus conversaciones. Me desesperan. Viven en marte.

La cereza del pastel, el broche de oro era, como se puede esperar, Debbie. La había dejado radicalmente, y ahora el fantasma de su recuerdo lo visitaba cada que se encontraba con él mismo, cosa que sucedía todos los días. Lo hacía distraerse de su oración y sus obligaciones diarias. Se lo contó también, no sin sentirse incómodo de revelarle cosas tan íntimas.

—Primero que nada, gracias por su sinceridad. Tiene un alma transparente. No soy digno para que me confíe su interior, y le agradezco que lo haga. Sobre las cosas que me dijo, tengo dos consejos generales que darle, hermano.

Matt presintió que se aproximaba algo importante, por la cara que puso el sacerdote y el preámbulo con que introdujo.

—El primero es que discierna. El noviciado es para conocer a Dios, conocerse a usted mismo y conocer este tipo de vida. Poco a poco deberá decidir y se lo debe pensar, es parte de lo que hace aquí. Es un error creer que una vez dentro debe llegar hasta el final. Para nada debe ser así.

—Habla de discernir como si fuera lo más fácil del mundo. He hecho la lista de pros y contras muchas veces y no encuentro respuestas claras.

—Discernir no es sólo hacer una lista de pros y contras, por más detallada que sea. Podrá ser un punto de partida, pero no termina ahí.

—¿Qué es entonces?

—Es descubrir, entre varias opciones buenas, cuál es la que Dios quiere para usted. Hay varias modalidades para discernir: la primera es cuando Dios le responde con claridad a través de la oración o de signos lo que quiere de usted. La segunda es la atracción del corazón: en el proceso de oración y reflexión se va dando cuenta que hay una tendencia hacia un camino y si el proceso es llevado de la mano de Dios, es posible llegar a la certeza. La tercera es la preponderancia de razones y argumentos: su famosa lista de pros y contras.

—Sigue pareciéndome un misterio. ¿Cuál es la mejor?

—No existen mejores. Cada uno es un mundo. Eso también debe irlo descubriendo.

—¿Qué pasa si Dios no se manifiesta?

—Siempre lo hace.

—No conmigo.

—Hermano: Dios no es una máquina de latas de refresco. No basta que meta la moneda correcta. Sus tiempos son distintos, y sus signos también. Necesita paciencia y aprender a leer entre líneas.

—Y ¿dónde se aprende eso?

—En el diálogo con Él. Sólo que Dios habla de muchas maneras.

—Rezo todos los días y no veo claro.

—Sígalo haciendo. Pero hágalo con el corazón. Es como cuando aprendes un idioma. Primero no entiendes nada. De diez palabras que escuchas entiendes una o dos. Poco a poco llegas a entender dos o tres más. La constancia hace que llegues a entenderlo todo, y si perseveras aún más, logras comunicar lo que quieres en ese nuevo lenguaje. Pasa lo mismo con la oración. Si no sabe hacerla, al inicio será un poco dura. Incluso le parecerá que es inútil. Persevere. Ya lo dice el Evangelio: "Pidan y se les dará; busquen y encontrarán; toquen y se les abrirá".

—Ya. ¿Y la segunda cosa?

El Padre John recordó que había introducido todo aquello anunciando dos consejos. Matt esperaba que el segundo consejo fuera más práctico y le ayudara a sobrevivir su día a día. Estaba harto y cansado de la rutina.

—Veo que está atento... —dijo el Padre John sonriendo. La segunda cosa: No espere el día en que desaparezcan las dificultades. Siempre llevará una cruz. Su consagración como religioso es la de Cristo. Y la consagración de Cristo culminó en una cruz. El sacrificio y la obediencia será una constante si quiere seguirle a Él, no se engañe. Hoy puede ser el amor que sigue sintiendo por su ex novia, o la falta de espacio personal, o la falta de descanso... mañana será otra cosa, incluso otra persona.

Matt frunció los labios, como extrañado de lo que escuchaba. ¿A qué se refería con otra persona?

—Sí, hermano Matthew. El corazón del sacerdote es de carne, no de piedra. Pasa el tiempo y si deja de mirar a Dios, empieza a mirar a otros lados y... —El Padre John era muy expresivo, y mientras decía lo de la mirada, paseaba sus ojos por todos lados. Lograba atraer toda la atención de Matt.

—Pero bueno, por ahora basta con el presente. No lo quiero preocupar con el futuro. De hecho una vez zanjado lo del pasado, el futuro es otra típica tentación. El demonio, cuando no logra tentarnos con el pasado, lo hace con el futuro.

—Entonces es normal.

—Normalísimo. Sólo que no olvide esas dos cosas. Discierna y a la vez prepárese para sufrir, hijo, que la vida no es fácil. En la vida espiritual puede haber consolación o desolación. El arte es saber de dónde proviene lo que va sintiendo. Necesita madurez y silencio interior si quiere salir victorioso de esta batalla.

—No entiendo. ¿Qué significa consolación y desolación?

—Es muy sencillo. Consolación es lo que sientes cuando tu vida está siendo dirigida hacia Dios, y desolación es lo que sientes cuando tu vida se está alejando de Él. Si te fijas no son sinónimos de alegría y tristeza. Puedes encontrarte en un período de consolación y sentir tristeza a la vez, o en desolación y sentirte alegre. Estos dos elementos son claves para ir dirigiendo tu discernimiento hacia la certeza. No es fácil. Te lo digo desde ahora. Pero como dice la Sagrada Escritura: "Si te has decidido a servir al Señor, prepárate para la prueba".

—Sí, Padre, pero son tantas cosas, tan tontas a veces, y me agobian. Además, me siento culpable cuando no cumplo todo al cien por ciento.

Se refería a las normas y reglas del seminario. Matt se sentía cansado de intentar cumplir todo a la perfección. El Padre John sabía perfectamente a qué se refería, y prosiguió mirándolo con ojos de padre comprensivo y exigente a la vez.

—También puedes estar sufriendo algo de escrúpulos. Mira: al inicio se espera de ustedes que cumplan la regla hasta el detalle. Están aprendiendo. Poco a poco sus formadores y sobre todo usted mismo deberán ir ordenando las reglas por importancia. No es lo mismo ir a misa que barrer las escaleras, ¿me explico? Hoy se le exige que cumplas las dos cosas, pero no quiere decir que tengan la misma importancia. Cuando tienes esto claro vives con más libertad interior. En el fondo la lección ahora es que a Dios le agrada la obediencia y que el cumplimiento de sus leyes por amor alegran su corazón. El tiempo y la oración le enseñarán que hay cosas que le agradan más que otras, y que incluso hay algunas que en el fondo no le importan y son simples tradiciones que pueden cambiar. Pero eso sólo lograrás verlo cuando tu amor llegue a ser perfecto. A esto se refiere San Pablo, cuando dice en la segunda carta a los Corintios que la letra mata, pero el Espíritu da vida. Recuerde siempre esto, hermano: el amor precede la observancia. Si amas de verdad, podrás hacer lo que quieras, y ya no necesitarás las reglas. Pero antes hay un camino largo, y todavía te falta un buen tramo. Dedícate a amar, y lo demás se irá dando.

Matt escuchaba con atención. Lo que el Padre decía era nuevo. Era demasiado elevado, pero a la vez simplificaba las cosas. No concordaba con su vida diaria, pero sonaba totalmente auténtico. Suscribía cada palabra. Le llenaba de paz darse cuenta que quien estaba encargado de su formación tuviera las cosas tan claras. Después de todo era su padre espiritual. Matt no perdió la oportunidad para sacar a flote lo que estaba rumiando.

—El hermano piensa muy distinto a usted. Él no sabe esto que me está diciendo.

Se refería a su formador. Con quien convivía diariamente y con quien los novicios veían todas los asuntos prácticos del día a día. El hermano James se encargaba de todo: desde levantarlos en la mañana hasta apagar las luces del seminario. Era el guardián. El cincel que aporreaba el burdo y monolítico mármol que debía convertirse algún día en una obra maestra de arte.

El Padre John soltó una carcajada como las del Padre David, aliviando abruptamente el cargado ambiente de la charla.

—Cuando llegues a la madurez y al amor perfecto serás libre. Libre, pero no solo. Al formador le toca acompañar, también en el cumplimiento de la Regla. Es su trabajo. Y efectivamente es un hermano y también tiene muchas cosas que aprender. Pero tiene más cosas que aprenderle usted a él, así que un poco de humildad y lo descubrirá. Por ahora tranquilo, yo hablaré con él para que intente ayudarle.

—Mil gracias.

Matt salió en esa ocasión contento y con nuevos ánimos. Pero pasaron las semanas y la monótona rutina lo deportó de nuevo la isla de su confusión. Pasó de la duda al agobio. Comenzó a aislarse y a encerrarse en su laberinto. En realidad había mucha más tela detrás de lo que le había confiado al padre. En el fondo se preguntaba si su llamado no habría sido más bien sugestión. Después de todo, cuando miraba hacia atrás, veía sólo coincidencias y nunca señales sobrenaturales que verificaran el origen divino de su llamado. Se lamentaba de haber apresurado las cosas. Las debió haber pensado mejor.

Siguieron meses de lucha. Su oración, cuando no se quedaba dormido, era él contra Dios. Dios callaba. Matt insistía en reprochar con argumentos convincentes que Dios se había equivocado, y estaba convencido

121

de que pronto todo cuadraría para poder colgar el hábito sin remordimientos de conciencia. Pero ese momento no llegaba y tampoco las respuestas.

Todo indicaba que Matt acabaría por amilanarse. Había escuchado mil veces que Dios nos llama para ser felices y él ahí no lo era. Justo cuando estuvo a punto de desertar, presenció lo que se convertiría en una de las piedras angulares de su edificio interior. El cimiento que soportaría hasta el más fuerte de los vientos. Fue en Manhattan, una tarde de junio. Un robo. El robo de las hostias consagradas. El robo de Dios.

Evidencia en Nueva York

—¡Padre Matt! Me da mucha alegría saludarle aunque sea a través de este video. Me tienen encerrado aquí en el hospital, ¿cómo ve? Pero quería mandarle un abrazo enorme y felicitarlo por su ordenación diaconal. ¡Qué milagro! ¿Quién lo adivinaría hace algunos años? ¡Que aquel joven rebelde iba a ser conquistado por Dios! El otro día estaba recordando viejos tiempos y hasta me puse a leer el diario. Todavía lo conservo y espero pronto devolvérselo para que se divierta un rato y haga memoria de los primeros pasos que Dios caminó en su alma. Felicidades otra vez y espero verle pronto. Rece para que pueda salir de aquí cuanto antes, ¿quiere? Que me estoy subiendo por las paredes.

Se despedía haciendo un gesto a la cámara y el breve video concluyó. Matt lo reprodujo una y otra vez, como esperando que el Padre David saliera de la pantalla, pero obviamente no sucedió. Se contentó con seguir repitiéndolo e irlo pausando. No podía hacer más. Le llamó la atención lo del diario y recordó su búsqueda del último recuerdo, que había interrumpido por sus vacaciones en casa. Ahora que reemprendía el vuelo, se alegraba de tener una fuente más. El diario tendría sin duda momentos inmortalizados que nadie más podía contarle. El Matt de su juventud le contaría su historia. Era el único depositario vivo de sus últimos recuerdos.

Se preparó, empacó y salió con sus padres hacia el aeropuerto de Sacramento para volar desde ahí a Nueva York.

—¡Te extrañaré mucho! —dijo su madre sujetándole la cara con efusividad y ternura.

—Volveré pronto, madre.

—Eso espero. Por cierto, dejaste esta hoja en tu escritorio.

Matt miró la hoja. Era la carta al Papa. O al menos el inicio.

—Ah, sí. Gracias.

Con todo lo que había pasado, la carta de dimisión se había quedado en el tintero. Sólo la introducción logró saltar de la pluma. La experiencia de la unción había abierto de nuevo el dilema. No se podía dar por vencido aún. El viaje a Nueva York era su última jugada. Estaba apostando todo. Mientras pensaba en estas cosas, su madre continuó con sus exhortaciones.

—Quiero que te tomes esto en serio, hijo. Tómate todo el tiempo que quieras y hazle caso a tu corazón. Sé sincero con lo que sientas y haz lo que tengas que hacer. Nosotros te apoyamos siempre y estaremos aquí para lo que necesites.

Su madre siempre habló más que su padre. Pensaba en más detalles y sabía decir lo que Matt necesitaba escuchar. Joe se limitó al breve y escueto abrazo, a un beso en la mejilla y a decirle que se cuidara. Matt tampoco le iba a decir más. La noche de la cena con él se había dicho lo suficiente. El viaje era sólo una consecuencia necesaria de aquella querella en donde Matt había corregido sus actitudes del pasado.

El vuelo salió sin retrasos, y pronto se encontraba aterrizando en Nueva York. Al salir a la zona de llegadas, vio a dos jóvenes vestidos como pingüinos, de negro, sonrientes y pendientes de identificarlo. Cuando los vio, ellos ya lo habían encontrado y se dirigían con agilidad hacia él.

—Padre, bienvenido.

—Gracias.

Le ayudaron con sus maletas. De camino hablaban del clima. Como si Matt no se diera cuenta que tenían la consigna de no tocar ningún tema un poco más personal que ese. Como tampoco tenía humor para hacerlo, le pareció excelente su estrategia y siguió la cháchara banal.

Le dijeron que irían al seminario, pasando al lado del río Hudson y atravesando el corazón de Manhattan. Matt había estado en Nueva York pocas veces antes de su trabajo en el New York Times y encontraba fascinante la transformación de la ciudad. A pesar de seguir siendo la misma antigua capital y los edificios siguieran ahí, casi todas las fachadas eran nuevas. Modernas y minimalistas, un arte con el que aún no se encontraba totalmente familiarizado, pero que le resultaba directo y elegante. Cuando pasaron por el río Hudson, los seminaristas que lo acompañaban le preguntaron si quería bajarse un momento para contemplar el panorama de la ciudad, a lo que Matt accedió. Se bajó y comenzó a caminar hacia el barandal de seguridad que cercaba la banqueta, alejándose de sus escoltas y esquivando a los neoyorkinos y turistas que se entrometían entre él y el río. Parecería que recordaba por la forma de mirar el horizonte de rascacielos y agua, pero no era así. Por más desafiante que fuera su mirada, Nueva York se resistía a regresarle sus recuerdos. Al darse cuenta que sus intentos por interactuar con su vieja amiga eran inútiles, se contentó con crear un nuevo recuerdo. Miró de lado a lado por última vez, tomando con sus ojos una panorámica y se reunió de nuevo con sus acompañantes para regresar al coche y continuar su camino hacia el lugar donde años atrás había cambiado su vida 180 grados.

El Padre John lo esperaba en el vestíbulo.

—Padre Matthew, ¡qué alegría!

—Padre. Mucho gusto.

Matt le extendió la mano, pero el Padre la ignoró y le dio un abrazo como si lo conociera de toda la vida. De hecho aunque no era así, lo conocía lo suficiente para permitirse semejante atrevimiento. A esas alturas Matt había aprendido a actuar y fingir amabilidad con sus desconocidos viejos amigos.

—Perdone. Comprenderá que no asimilo bien lo que pasó. Pero le ayudo con sus cosas.

Las escenas que contemplaba eran similares a las del seminario de Roma. Sólo que la mayoría de los que estaban ahí eran americanos y más jóvenes. Andrew le había contado un poco sobre el lugar. Era amplio y muy ordenado. La propiedad estaba clavada en medio de un majestuoso bosque. Se respiraba paz, igual que en Roma. Tuvo de nuevo la sensación de haber estado ahí antes, pero no lograba reconocer nada en específico. Después de acomodarse en su habitación, fueron a la oficina del Padre John.

—¿Cómo está?

—Bien.

—Bien. Bien. No cambia.

—¿Por qué lo dice?

—Siempre empezaba diciendo "bien" y después resultaba que en realidad se encontraba con dudas y problemas. Conozco esa cara, Padre.

—Si ya sabe cómo estoy, entonces no es necesario que se lo diga.

Matt no estaba acostumbrado a abrir su interior a desconocidos. De joven lo había hecho con el Padre David, no antes de que este le hubiera demostrado que podía confiar en él. Si el Padre John quería confianza, debía ganársela.

—Me escribió el Hermano Andrew y me dijo dos cosas: la primera, que le dejara fumar y tomar whisky en el seminario...

Matt se sorprendió que fuera el primero en tocar el tema. En realidad lo había pensado de camino, pero no sabía cómo decírselo. Pensaba más bien esperar la noche, una vez que la masa de seminaristas terminara por escurrirse dentro de sus aposentos y cuando el seminario se apagara.

—Y la segunda...

—Que no espere el día que se acaben las dificultades.

Silencio sepulcral. La respuesta salió flotando sin control de los labios de Matt y adoptó la forma de una mancha.

—¿Qué ha dicho?

—No sé. Que nunca llegará un día en que se acaben las dificultades.

Matt experimentó miedo de él mismo. Sentía que estaba diciendo algo que no era coherente con la conversación y que tampoco provenía de él. No entendía por qué lo había dicho. Simplemente sintió que era lo que seguía.

—¿Lo escuchó en algún sitio? ¿Quién le dijo eso?

—No sé. Simplemente lo dije. No recuerdo por qué. No lo sé.

—Padre, eso se lo dije yo en la entrevista que tengo con los seminaristas después de un año en el seminario. Lo recuerdo porque pocos lograban escavar hasta el fondo de sus problemas como usted. Tenía una capacidad de análisis y una transparencia fuera de lo común. Fue una de esas pláticas que siempre recordaré.

—¡Entonces siguen ahí!

Matt pensaba en voz alta. Los recuerdos no habían desaparecido. Por primera vez después del accidente había recordado algo del paréntesis que daba por perdido. La memoria los tenía secuestrados y amordazados. Por fin uno de ellos se había logrado escapar, primero de su mente y luego de su boca. Lo malo es que era un recuerdo solitario, aislado y mudo. Un recuerdo así no le servía de nada. Sólo para saber que seguían vivos. Había una banda entera que rescatar.

—Llamaremos a su doctor para que lo sepa y nos de orientaciones, pero más tarde. Ya no recuerdo qué estábamos diciendo. Ah, sí, el mensaje del hermano Andrew.

—Sí, la segunda cosa.

—La segunda es que buscáramos el diario. Le confieso que no lo he hecho porque no me atrevo. Creo que lo deberá hacer usted. El Padre David era mi mejor amigo y no me siento capaz de meterme a buscar entre sus cosas. Hay un archivo muerto donde se encuentra todo lo que dejó en su habitación. Si lo conservaba aún, como dice en el vídeo, debería estar por ahí.

Matt se sentía igual. El luto del Padre David lo seguía entristeciendo cada vez que escuchaba su nombre, y su recuerdo emergía desde lo más hondo de su ser hasta la flor de su piel. Sin embargo, lo tenía que hacer y asintió con el desconsolado y respetuoso silencio con que se contemplan las sepulturas de las personas que amamos.

Salió de la oficina del Padre y le indicaron el lugar donde pernoctaría los días que decidiera quedarse. Aún no sabía el tiempo de su visita. Lo que experimentó en la oficina del Padre John le había infundido un segundo aire para continuar su búsqueda. La verdad es hija del tiempo. Ahora que sabía que los recuerdos seguían en su cabeza, los acorralaría y los obligaría a salir. El pequeño recuerdo fugitivo era evidencia de que los demás estaban vivos en algún rincón, bajo los escombros del accidente. El tiempo y la constancia serían su equipo de rescate.

Esa noche recibió la visita de su viejo amigo que había estado a su lado durante sus días y noches en el hospital: el insomnio. Cuando por fin logró dormir soñó como todas las noches con su Cristo mudo. Seguía moviendo los labios sin hablar. Se sentía tan cerca que hasta sentía su aliento, pero no lograba escuchar ni

128

comprender nada. El movimiento de los labios era confuso y no lograba descifrarlo. Se había familiarizado tanto con la escena, que hubiera podido hasta pintar todo lo demás, excepto la voz. No era un Cristo de carne y hueso. Era una pintura viva. Bizantina, o algo así.

Al día siguiente sólo podía pensar en el diario. Se levantó temprano y salió a pasear por el seminario y a intentar toparse con el Padre John para poder comenzar su investigación. Por fin logró encontrarlo.

—Buenos días, Matt.

—Buenos días, Padre.

—¿Listo?

—Eso creo.

El Padre lo llevó hasta la puerta del archivo muerto y le explicó dónde buscar. Le entregó la llave, le puso la mano sobre el hombro y le deseó suerte.

Matt entró en la habitación. Estaba bastante ordenada, como el resto del seminario. Todo estaba etiquetado por años, y luego por nombres. Nombres de muertos. Era una morgue de papeles. Había cadáveres de palabras y de otros objetos en su mayoría religiosos. Sobre todo palabras. Hojas de papel y oscuras letras muertas.

Aunque no se trataba de cadáveres humanos, Matt sentía como si lo fueran. Caminaba nervioso. Sabía que el archivo muerto era una especie de sagrario donde se encontraban pertenencias y secretos de los muertos. Era como recorrer un cementerio, y así asumió su exploración. Buscó directamente el pasillo de 2013, y se acercó al nicho de las pertenencias del Padre David. El ambiente estaba cargado. Era el peso de recuerdos olvidados.

No había muchas cosas. Encontró un mar de papel. Páginas escritas. Miles de páginas, blancas o con renglones descoloridos o imaginarios. Cruces, discos, rosarios, medallas, tarjetas, cartas, fotos, cuadernos, notas, agendas... Comenzó a buscar entre los libros. Sus manos escarbaban en las cajas cada vez con más profundidad. Dieron con una foto que le estremeció el corazón. El recuerdo de papel sobresalía como un hueso desencajado. Estaba él, joven, como él mismo se recordaba. Aparecía estrenando su hábito, el cual le sentaba bien pero le hacía verse mayor. A su lado se encontraba el Padre David. Los dos posaban de pie en el jardín del seminario con las manos juntas al frente como dos soldados de un mismo ejército. La memoria impresa y a todo color embistió primero sus ojos y luego su mundo interior. Una cosa es que te cuenten y otra verlo con tus propios ojos. Los muros que le separaban de su pasado se derribaron en fracción de segundos. Como dinamita que derriba grandes construcciones en un abrir y cerrar de ojos. La secreta esperanza de que todo fuera un sueño se esfumó por completo. Todo era verdad.

Siguió buscando y no encontró ni rastro del diario. Repasó todos los rincones de la morgue y no logró dar con el prófugo diario. Había huido. Una vez terminada su búsqueda, tomo la foto y salió meditabundo de aquella gélida cámara. Había fracasado. El diario no estaba, y no había ser sobre la tierra que pudiera sospechar su paradero. Seguramente el diario estaría compartiendo su suerte con montones de desechos en algún basurero del mundo. El diario había muerto.

El robo

Los seminaristas se levantaron temprano aquel día. Más temprano de lo normal. La causa del sacrificio de su sueño era una procesión eucarística que escoltarían por las calles de Nueva York. Era el día de Corpus Christi. Día de la Eucaristía y del sacerdocio. Ambos sacramentos, piedras angulares de su vida.

Matt no cabía en sí. Llevaba meses cargando con sus dudas e intentando resolver su discernimiento vocacional, pero a la vez sentía emoción de volver después de casi dos años de su llamado a la escena del acontecimiento más transformante de su vida. Aunque exteriormente oraba en silencio y su rostro dibujaba recogimiento, por dentro estaba de fiesta.

Llegaron temprano al templo de la Transfiguración, lugar donde comenzarían la procesión. La iglesia se encontraba en el barrio Chino de Manhattan. Al llegar los pasaron hacia delante y cubrieron el primer bloque. Se convirtieron en un gran escudo humano que custodiaría a su Dios durante la caminata. Un ejército blanco y negro. Si aquello se tratara de una guerra, hubieran sido los primeros en pelear y morir.

Después de horas de espera por fin comenzó la ceremonia. Un sacerdote comenzó a hablar como si se tratara de una arenga marcial de un general antes de la guerra.

—"Él guiará su camino. Él caminará por su camino. Los mirará y les gritará: Síganme. Vengan... síganme. Cada vez que llevamos a Jesús a las calles, a la gente, suceden cosas. Cambian vidas. Resucitan muertos. Muchos se detendrán un segundo y conocerán a Jesús cara a cara y sus vidas podrán cambiar para siempre. Es una celebración de fe, de la Resurrección. Jesús será llevado por las calles de Nueva York. Para algunos y desde ciertos puntos de vista la capital del mundo. Las recorrerán con el Rey de reyes, y el Señor de los señores. Como decía Juan Pablo II: no tengan miedo de salir a las calles, a las plazas de las ciudades, como los primeros apóstoles para predicar a Cristo, la buena noticia de la salvación."

Las palabras eran fuego que encendió en cuestión de segundos los corazones de todos los presentes. Estaban listos para salir.

La marcha comenzó. Cruzaron el barrio chino, no sin antes presenciar un folclórico tributo que los feligreses asiáticos habían preparado para la ocasión. Era una especie de festival chino con disfraces típicos y niños con dragones y leones enormes volando por los aires del barrio. La zona alberga una de las poblaciones más grandes de chinos fuera de Asia, y era normal que expresaran su fe con semejantes alabanzas tradicionales. Se sumergieron en el barrio. Parecían estanterías repletas de restaurantes, tabaquerías, negocios y mercados de todo tipo. Atravesaron también la pequeña Italia y bordearon la Universidad de la capital, hacia la Quinta Avenida. Cientos de personas, seminaristas, religiosas y sacerdotes rodeaban y precedían a su Señor, con un recogimiento que contradecía el trajín diario que atiborraba aquellas calles todos los días. Elevaban piadosas oraciones y cantos de alabanza, robando toda la atención de turistas y neoyorquinos despistados. Todos observaban y dirigían su mirada al pequeño sol brillante, que sobresalía ligeramente sobre las manos de sus ministros mortales. Las calles que antes Matt había recorrido para ir al trabajo o tomar una cerveza con amigos, comenzaron a distraerlo. Ahora sus pies apuntaban a otra dirección. Sus manos que antes llevaban un maletín, sostenían ahora juntas un manual de piadosas plegarias y columpiaban las cuentas del rosario. Intentaba ignorar aquellos lugares que le procuraron amistades y diversión. Se hacía violencia para no mirar, como quien pasea con su prometida y se topa por casualidad alguna novia de su juventud. Mientras caminaba por los lugares más frecuentados, los nervios y los recuerdos rebullían en su mente y consiguieron captar toda su atención. Pasó el trago amargo y por fin doblaron hacia la octava, para subir hacia la Catedral.

Después de poco más de una hora entraron a San Patricio. Matt volvió a sentirse seguro y la paz volvió a invadirlo poco a poco hasta saciarlo por completo. Era su nuevo hogar. Su nueva historia. Comenzaron la misa.

Matt experimentó un fervor sin precedentes. Se sentía privilegiado de ocupar las primeras líneas de la marcha y los primeros puestos de la asamblea. Llegó por fin la hora de comulgar y fue ahí, mientras esperaba incorporarse a la fila, donde presenció el robo de las hostias consagradas.

Había demasiada gente. Los sacerdotes no podían ni siquiera moverse con libertad, y eran empujados y desplazados por las masas. Algunos recibían la comunión en las manos. Observaba a uno de los sacerdotes cercanos a él, cuando se dio cuenta del robo. Un chico y una chica recibieron la comunión, se voltearon, hicieron finta de consumirla engañando al sacerdote. Desviaron la mano con las formas, ella a su bolso y él a un paquete de pañuelos desechables.

Matt experimentó unos segundos de escepticismo y negación. No creía lo que veía, y su mente se bloqueó. Pronto reaccionó y se dirigió a Andrew que estaba a su lado.

—Se han robado la Eucaristía.

—¿Qué?

—Ellos dos —los sentenciaba con el dedo y su acuciante mirada—. Se robaron la Eucaristía.

—¿Seguro?

—Sí. Lo juro. Los acabo de ver. Ella la metió en su bolso y él a un paquete de pañuelos.

Miraron a su alrededor y el mundo permanecía indiferente. Eran los únicos testigos y tenían que actuar.

—¡Vamos!

Brincaron la valla de madera que separaba los puestos en la asamblea y llegaron hasta la zona de los ladrones. A Matt le hervía la sangre. No se dio cuenta de que su brinco alertó a la mayoría de los presentes. A su paso iban atropellando y empujando a los que se interponían entre ellos y los sacrílegos. Cundió el pánico de quienes presenciaban la escena, pero estaban dispuestos a pelear y dar la vida por su Dios. Lo recuperarían a toda costa.

—Saquen ahora mismo lo que se han llevado.

Los jóvenes se congelaron y dejaron de respirar. No sabían qué decir ni qué hacer.

—¿De qué hablan?

—Sáquenlas ahora.

Matt había puesto las manos sobre el chico, sosteniendo su camisa con sus puños cerrados y levantándolo unos centímetros sobre el suelo. No lo soltaba y estuvo a punto de golpearlo.

El joven le hizo señas a la chica de regresarlo y él mismo sacó la forma que guardó en el pañuelo. Había más de dos. Era un ladrón consumado.

Matt tomó las formas y le dio algunas a su compañero. Los dos, sin saber qué hacer y teniendo lejos a cualquier sacerdote, comulgaron a su Dios con fervor monacal. Después de agradecer por tan sublime don en su interior, notaron que los ladrones no habían huido.

Seguían a un metro de ellos, como si nada hubiera pasado. Al final Matt se acercó.

—¿Qué les pasa? ¿Por qué han hecho eso?

—¿A qué te refieres?

Matt sintió ganas de nuevo de romperle la cara a su enemigo. El cinismo era evidente.

—A lo que acaban de hacer, llevarse las hostias consagradas...

—Queríamos un recuerdo de la ceremonia. Estábamos afuera y nos llamó la atención la caravana. Entramos y vimos que estaban repartiéndolas y quisimos llevarnos varias de recuerdo. No sabíamos que estábamos haciendo algo malo. Disculpa.

Por más increíble que le pareciera, decían la verdad. No parecían malos ni daban señas de pertenecer a alguna secta satánica, como la fantasía de su mente de escritor le había hecho concluir. Eran dos jóvenes, claramente no creyentes, que se habían dejado llevar por la fuerza de atracción del espectáculo y que estuvieron a punto de llevarse a Jesús mismo a su casa, sin saber lo que estaban haciendo. Como el buen ladrón, que desde su suplicio efectuó sin mucha conciencia el robo más exitoso de la historia.

Matt dedicó algunos minutos para explicarles la reacción y pedir disculpas. Los jóvenes al inicio estaban asustados, pero después comprendieron que también él les hablaba con verdad. Si no hubiera sido por la delicadeza de la situación, seguramente hubieran terminado siendo amigos. Se despidieron amablemente.

Matt regresó a su puesto y no dejó de pensar en lo sucedido. Los compartimentos de su mente se habían llenado lo suficiente para el viaje de aquella tarde. Su locomotora interior había arrancado y viajaba a toda máquina por los eventos vividos. ¿Cómo era posible que alguien se atreviera a hacer semejante cosa? Más aún, ¿cómo era posible que existieran personas que no conocieran a Jesús? Soñaba con las tierras de misión, pero ahora se daba cuenta que a la vuelta de la esquina, a media hora del seminario, en la Quinta Avenida de Nueva York, caminaban personas todos los días que no conocían a Dios. ¿Cuántos más ladrones se encontraban por ahí, esperando que alguien los rescatara de su ignorancia? Caras vemos, corazones no sabemos. Sólo el tiempo le daría la respuesta.

Confesión

—Entonces no está.

—No.

—¿Seguro que buscó bien?

—No soy tonto.

—Nadie ha dicho que lo sea.

—Pero lo insinúa. Me importa esto más que nadie. Volteé de cabeza el lugar. No está.

—Bueno, calma. El diario hubiera podido ayudarle, pero en el fondo no era eso lo que buscaba. Busca sus recuerdos. Y esos siguen ahí. Tranquilo, Padre.

Matt decidió quedarse unos días en Nueva York. Ardía más que nunca el reconcomio de recordar, pero comenzaba a extenuarse en su búsqueda. Sus ánimos languidecían. La idea de volver a Auburn y recomenzar de cero su vida se erigía cada vez más en la candidata favorita de sus elecciones. Aun así, decidió quedarse unos días más. Quería estar solo.

Pasaba el tiempo y aprovechaba para descansar y caminar por el vasto bosque que rodeaba el seminario. Se sentía pasado de peso y comenzó a ejercitarse. Corría a diario. Desde su primera juventud siempre había buscado mantenerse en forma. La naturaleza lo había dotado de un cuerpo atlético que le exigía desfogar las tensiones que borboteaban dentro de él. En la universidad desfiló con honores en el equipo de fútbol americano. Era el *running back* estrella. Cuando su primer trabajo se hizo de su tiempo, comenzó a correr. Primero en Auburn y luego en Nueva York, habitualmente en el

Central Park. Ahora, sin saberlo, corría por las mismas veredas donde trotó a diario en sus primeros años de seminarista. Sus pies lo recordaban. Él no. Seguía provocando su mente, enervándola con aquellas locaciones atestadas de recuerdos.

Por lo demás, la cosa seguía igual. Sus esfuerzos por recordar eran fútiles. Llevaba tiempo sin estar realmente solo. La soledad es el único recurso para alcanzar cierta soberanía personal. Necesitaba pensar y estar tranquilo, y el seminario era el mejor lugar para hacerlo.

Así transcurrieron algunas semanas. Un día sus pies le arrastraron a un confesonario. Hacía meses que no se confesaba y sintió la necesidad de hacerlo. Cuando entró se percató de que el sacerdote era latinoamericano. Le habló en español. Estaba a punto de responderle automáticamente que no entendía, pero lo detuvo la sorpresa de lo contrario. Había entendido sus palabras.

—¿Disculpe?

—¿De qué le quieres pedir perdón a Dios?

Matt le confesó sus pecados, en español. Cada vez que profería palabra, se maravillaba de lo que sucedía. No podía ser. Ni siquiera escuchó los consejos que el buen sacerdote se esforzaba por elaborar. Su mente estaba poseída por la efusión de quien encuentra un tesoro buscado por mucho tiempo. Se había levantado el telón y su mente estaba desbloqueada. No podía estar más feliz.

—¡Padre, gracias! ¡Muchas gracias!

—No hay de qué, hijo. Dale gracias a Dios, que es bueno. Vete en paz y anuncia a los hombres las maravillas de Dios que te ha salvado.

En realidad, el sacerdote no era consciente del milagro. Las palabras finales las repetía a todo penitente que entraba a confesarse. No se daba cuenta que en esa ocasión se trataba de un vaticinio. Una profecía que le indicaba a Matt lo que debía hacer. Debía dar gracias e ir a contarlo a todo el mundo. Era un día de fiesta. Era su Pentecostés. El día en que lenguas como de fuego se posaron sobre él.

Matt le contó todo al Padre John. Se alegró tanto con él que decidió invitarlo a cenar. Era el rector, pero era humano, y la buena noticia era un buen pretexto perfecto y lícito para salir del convento. Lo llevó a un sitio cercano al seminario. Matt para variar pidió el tradicional binomio de hamburguesa y cerveza. El Padre John lo siguió, intentando esconder su emoción de quien rara vez cena fuera de casa. Lo que para algunos es ordinario es un extraordinario lujo para otros. Sobre todo para gente como él. Hablaron de Nueva York, del seminario y de deportes. El Padre John era también un fanático del fútbol americano, y se dedicó casi toda la cena a actualizar a su viejo súbdito de los resultados de los últimos catorce súper tazones. Matt lo vivía como si estuviera viéndolos por primera vez, y se sorprendía del detalle con que el sacerdote recordaba y describía las jugadas. Le quedó claro que se encontraba delante de un genuino fan, diestro en el tema.

—Dígame que los *49ers* ganamos más de un super tazón en estos catorce años.

—Desgraciadamente no.

El Padre John era de San Francisco, y también le iba al mismo equipo.

—Pero estuvimos cerca el año pasado.

Le describió el súper tazón de ese año, en el que habían estado tan cerca de la victoria. La humanidad del Padre John ganaba terreno en la confianza de Matt. Mil veces más que todo el tiempo en el seminario. Por fin Matt se desahogó y rompió la suspicaz barrera imaginaria de su hermetismo.

—¿Usted en mi lugar qué haría?

—La verdad, es que no lo sé. Nadie piensa en cabeza ajena. Le puedo decir que lo entiendo y que sé por lo que está pasando, pero sería una mentira. No tengo ni idea.

—Vamos. Respóndame al menos lo que cree que es lo correcto.

—Prefiero que usted lo descubra. Dios se encargará de mostrarle el camino.

—No lo ha hecho hasta ahora. No sé qué esté esperando.

—Tal vez ni siquiera se lo ha preguntado. San Agustín narra en sus confesiones su implacable búsqueda de Dios. Lo buscó por todos lados. Dedica más de una página de su confesión al tema de la memoria y de los recuerdos. Y al final concluye reconociendo que buscaba a Dios fuera de sí, y en realidad Dios estuvo siempre dentro de él. Quizás le haría bien leerlas. Se lo presto si quiere.

—Ustedes creen solucionar todo con la oración y con los santos, y no va por ahí.

—Yo creo que sí, Padre.

—Se trata de mi cabeza, no de los secretos de Fátima.

—Cabeza de un sacerdote. Si quiere recuperarse comience por aceptar su pasado. No le digo qué decidir, pero al menos debería partir de la verdad. De su verdad. No puede negarla. Tal vez es lo que está pasando. Tal vez el miedo de su pasado sea lo que esté bloqueando la recuperación. Yo ya no buscaría los recuerdos, Padre. Necesita encontrarse a usted mismo y sólo podrá hacerlo en Dios. Él le creó y sabe su vida, obras y milagros con más detalle que nadie. Sólo así encontrará lo que busca.

Las palabras del Padre John eran sabias. No podía negarlo. Sin embargo la solución se le hacía demasiado simple. Además el tono se estaba volviendo demasiado personal, y sentía que el Padre John estaba desviando el tema.

—Supongamos que me pongo a rezar como un cosaco y los recuerdos no regresan. ¿Qué opciones tendría entonces?

—Las opciones ya las sabe.

—¿Qué haría usted?

—Si no puedo recuperar mis recuerdos, recuperaría al menos mi vida.

—Explíquese.

—Le repito que su pasado es el que es, y no lo puede negar. Podría volver a su vida anterior al seminario y está en su derecho. Sólo que tiene que entender lo siguiente: ser sacerdote no es una profesión. Es un sacramento. Sus manos fueron ungidas para siempre. Por más que regrese, seguirá siendo sacerdote para siempre. Es complicado explicárselo, pero es así.

—Entonces no tengo opción.

—Sí la tiene. Es el misterio de todo esto. El amor, querido Padre, es voluntario. Dios no le obliga a hacer nada, y tampoco le condenará por la elección que tome. En realidad cualquier opción es factible, pero sólo una es la mejor para usted.

—Y ¿cómo se supone que debo saberlo?

—En la oración, viviendo en vida de gracia y ayudándote del consejo de la gente que te quiere y sepa del tema. No hay más.

—Otra vez.

—Sí, otra vez. ¿Qué quiere que le diga? Está ante un misterio que requiere fe. La llamada es de Dios, y por tanto es sobrenatural. Si no está dispuesto a verlo con fe, no tiene sentido que considere siquiera la opción de continuar su vida de sacerdote. Así de sencillo.

El Padre apoyó su mano sacerdotal sobre el hombro de Matt.

—Las aves, cuando vuelan por primera vez, se lanzan al vacío. No saben lo que va a pasar. Pero si logran vencer ese momento de miedo y dan el paso, descubren la maravillosa experiencia del vuelo. Sólo dejando el miedo atrás pueden hacerlo. Es el único modo. Si quiere descubrir qué es lo mejor para usted, debe lanzarse al vacío y olvidarse de sus seguridades. Sólo entonces Dios le hará volar y le indicará el camino. Todos los que hemos tomado una decisión de vida lo hemos hecho. Usted lo hizo en su momento. Tal vez Dios quiera que lo vuelva a hacer. Es lo único que se me ocurre.

Regresaron al seminario en silencio. Matt encendió la radio para disimular seguridad. No quería mostrarse vulnerable. El Padre no debía enterarse que su discurso lo había dejado sin palabras. Se acercaban a la entrada principal, y Matt se dio cuenta que había una persona en la entrada. No era seminarista. También el Padre se dio cuenta y se preguntó en voz alta quién sería aquella misteriosa visita a esas horas. Llegaron por fin a una distancia suficiente para reconocer un rostro. Era Joe, el padre de Matt.

Matt se apresuró a abrir la puerta y salir del coche.

—¿Papá?

—Matt.

Se abrazaron y en cuestión de milésimas Matt pidió explicaciones.

—¿Qué haces aquí?

—Tenemos que hablar.

El Padre John saludó cortésmente y les ofreció pasar a la sala de visitas. Se despidió como un rayo y desapareció tan rápido como los magos en sus espectáculos. No quería entrometerse en la plática. Nadie viaja a Nueva York sin avisar por nimiedades. Todo indicaba que venía algo grueso.

—¿De dónde vienen?

—Fuimos a cenar. Hoy comencé a entender el español. Estábamos celebrando. Pero, ¿quieres decirme qué haces aquí?

Joe comenzó a hablar. Era una confesión. La confesión más dura que habría hecho en su vida. Se jugaba todo. Arriesgaba que su hijo no lo perdonara y dejara de hablarle por el resto de su vida. Estaba dispuesto a pagar el precio de su silencio. Silencio que decidió romper aquella noche.

El secreto

—Buenos días. Vengo a visitar a un paciente.

—¿Nombre?

—David Mayer.

—317. Tome el ascensor al tercer piso. Saliendo a la derecha.

—Gracias.

Joe había viajado sólo para visitar al Padre David. Su larga enfermedad había llegado a oídos de Matt, quien hizo prometer a Joe que iría a verlo en su lugar. Matt se encontraba en ejercicios espirituales para su ordenación diaconal, y el Padre David padecía un cáncer bastante avanzado. Llevaba meses recibiendo quimioterapia, pero todos, incluido él, sabían que pronto daría el último respiro. Era cuestión de días.

—Buenos días, Padre. ¿Se puede?

Dentro de la habitación se encontraban dos sacerdotes que acompañaban al moribundo, y algunos familiares. Cuando entró Joe, el Padre David comenzó a moverse y a pelearse con el arrebujo de sábanas. Como era típico, el sacerdote recibía a todos con protocolos nobiliarios, sin importar edad o condición. No se había acostumbrado a que sus visitas tuvieran que acercarse hacia él y no ser él quien se aproximara. Los sacerdotes le recordaron sin palabras que no hacía falta que se moviera, deteniendo suave pero decididamente su cuerpo contra el lecho.

—Joe.

El Padre David estaba pálido. Su rostro era ajeno. La voz pringosa, apenas audible, salía corroída por los medicamentos y el desgaste del tratamiento. Su piel era lisa y gris, casi transparente.

A Joe no le agradaba la idea de visitar a un enfermo terminal. En el fondo por evadir el pensamiento de que algún día le tocaría a él. Quien rechaza su muerte, rechaza la muerte de los demás. Esa era en el fondo la causa de la evasiva de ese tipo de situaciones. Esta vez era una excepción. Lo había prometido a Matt, casi como un regalo, y ahí estaba, entre doctores, estetoscopios y un moribundo.

—Le manda muchos saludos Matt. Le gustaría estar aquí con usted, pero se encuentra haciendo su retiro en silencio por lo de su ordenación diaconal.

—¿Ya diácono?

—Sí, Padre. De hecho me dijo que si podía grabarle un saludo. Quería verlo. Él le grabó uno —dijo Joe, mientras le mostraba en su teléfono el breve video que había mandado Matt desde Roma antes de su retiro.

Lo de la grabación era preventivo. Al Padre lo habían desahuciado, y no se sabía cuánto tiempo le quedaba. Horas, días, tal vez semanas. Matt esperaba poder hablar con él pronto, pero pidió a su padre que lo grabara temiendo que la llamada llegase demasiado tarde.

Los sacerdotes intercambiaron miradas y señas de desaprobación. Era demasiado esfuerzo para el moribundo. Sin embargo las palabras de Matt hicieron resplandecer los ojos y los ánimos del enfermo, quien comenzó a incorporarse lo mejor que pudo y pidió que le enderezaran el respaldo de la cama. El recuerdo vivo de su discípulo más querido lo había revivido. Sus compañeros al verlo así se dispusieron a ayudarlo y a acomodarlo para la grabación. El Padre David era bastante dócil y prudente. Intentaba no dar molestias a sus guardianes. Pero las pocas veces que decidía algo, no había quien lo retrajera, y tampoco ellos se atrevían a llevarle la contraria.

Después de grabar el mensaje, Joe se sentó y comenzó a hablar con el Padre sobre Auburn, los negocios y su esposa Megan. El Padre escuchaba y sonreía, sin aportar mucho más a la conversación que expresivos levantamientos de cejas y garabatos dibujados con sus labios. De pronto llegaron a la razón, no sólo de aquella conversación, sino también de su primer encuentro.

—¿Y cómo está Matt?

—Bien, Padre. Muy emocionado y feliz por su diaconado.

—¿Y Joe?

Joe sonrió. Sabía que la pregunta iba con curva. Aunque jamás habían hablado sobre el tema, Joe sabía que Matt le contaba todo al sacerdote, desde la universidad. No podía fingir delante de quien conocía como nadie la historia íntima y personal de su hijo.

—Sigo teniendo esperanzas de que no se ordene.

El Padre David logró esbozar una sonrisa, moviendo la cabeza lentamente de un lado a otro, desaprobando la actitud de su interlocutor.

—Doce años y todavía no lo aceptas. Matt te necesita a su lado, no en contra. Cierra el círculo, Joe.

—Ya casi estoy ahí. Sólo que hasta que no se ordene todo puede pasar, ¿no?

—Sí, pero no creo que sea lo que tu hijo necesita. Ojalá puedas apoyarlo más en estos momentos tan importantes. La vida de cura no es fácil. No la hagas más difícil, ¿quieres?

El Padre David no se encontraba en la situación ideal para rebatir a una persona como Joe, así que prefirió apelar a argumentos sentimentales como ese sin entrar en detalles.

—Quizás tiene razón, pero sigo sin entender por qué Dios me robó a mi único hijo. No es justo.

—Nunca fue tuyo. Piénsalo así. Tal vez debas aclararlo con Él. Deberías de buscarlo.

—Tal vez algún día. Sólo que me hagan un exorcismo antes y asunto arreglado.

—Todos somos pecadores, Joe. Dios quiere que nos acerquemos a Él así como somos. Ni más ni menos. No tienes que acercarte de manera diversa. Luego Él se encarga del resto. Creo que te extraña y te está esperando.

A Joe le sonó trillado. Pero viniendo de alguien que estaba por morir, todo consejo era un disparo directo al corazón. El Padre no perdía tiempo, incluso desde el lecho de muerte, para lanzar el anzuelo y seguir pescando almas para Dios.

Después de un largo rato de agradable conversación, el Padre David pidió a uno de los sacerdotes que le acercaran su maletín. Sacó un cuaderno.

—Esto es de Matt.

Joe lo abrió y dejó caer su mirada sobre el escrito.

—¡No! No te lo doy para que lo leas. Simplemente entrégaselo cuando lo veas. ¿Puedes? Es algo personal.

Al rostro enfermo del Padre se le había sumado seriedad. Le dio de comer las frases y lo observó con su mirada metálica. Sus manos cerraron el cuaderno.

—Claro que sí. Yo se lo doy.

—Promételo.

—Lo prometo.

El último recuerdo

—Aquí tienes el diario —dijo Joe mirándolo fijamente, con una mezcla de esperanza y resignación. Esperaba la peor reacción de todas las que había visto jamás. Matt acentuaba el suspenso de la confesión, sentado, con los codos sobre sus rodillas, cabizbajo y derrotado. Sus dedos escarbaban su cabeza, alborotando su pelo rubio y poniendo en guardia el mechón. Prolongó el silencio hasta que se hizo insoportable y ensordecedor. Finalmente se levantó, tomó el diario y salió del recibidor. No le dijo nada. Se tragó las palabras de camino.

Por fin se encontró a solas con su álbum de relatos. El estilo de la libreta era marmoleado, universitario. Estaba escrito su nombre con su letra. Cuando lo tomó, un escalofrío enervó su cuerpo y erizó su piel y su pelo. En la portada estaba un retrato de un Cristo que había visto ya en ambos seminarios después de su accidente. El semblante era serio, pero la mirada suavizaba el talante. La pintura retrataba el rostro y el pecho. Vestía una túnica blanca, sencilla y sin detalles más que los dobleces naturales de la tela cuando está puesta. Pelo largo, barba limpia y arreglada. Pómulos ligeramente hundidos y mirada fija en el horizonte.

Tenía lo que buscaba. Evidencia de su pasado. Chantaje para su memoria. Golpes para azuzar a los recuerdos. Era la declaración de un ultimátum.

Las entradas del diario eran a veces breves y a veces largas. Comenzó a leer la primera, pues pensó que por encabezar las demás, contendría los motivos por los que empezó a escribir.

17 de abril de 2002

"Hace unos días Dios rompió su silencio. Después de meses de amenazas para descubrir los secretos de mi futuro, por fin habló. Siempre pensé que llegaría el día en que todo esto se esfumaría pero cada día que pasaba me encontraba más obsesionado con la idea y con un miedo enorme de que Dios se lo tomara en serio y un buen día me dijera lo que temía. Me encontraba en San Patricio. Ese día en la oficina, fue uno de esos días. Estaba exhausto, harto de los reporteros y de las reuniones. Incluso le grité a más de alguno en la oficina. Ese día no tenía ganas más que de llegar a casa y descansar. Sin embargo, sentí que tenía que parar en la iglesia y lo hice. Mientras esperaba a que saliera el sacerdote para la misa, se acercó el sacristán para darme la mala noticia: no habría misa por falta de sacerdote. Me quejé y le dije que si no había suficientes curas en Nueva York para cubrir las misas de la catedral. Me respondió que no, y que si tanto me importaba, ¿por qué no me hacía cura? Sus palabras abofetearon mi conciencia y de pronto el viejo se volvió adivino. Dios se estaba revelando y me hacía ver que me necesitaba. En otro momento hubiera sido el primero en pensar que esta interpretación no era más que una sugestión. Pero él lo dijo y yo lo primero que pensé fue que se trataba de una respuesta. La reacción de mi interior fue revolucionaria. Era como cuando prenden la luz de una habitación mantenida en oscuridad durante mucho tiempo. Al inicio no ves nada y tienes que cerrar los ojos. Te hallas confundido. Pero después tus ojos se adaptan. Me invadió una paz diferente que me recorrió no sólo el cuerpo, sino sobre todo mis pensamientos. Me sentí suspendido en una presencia inexplicable de Dios. Quien lo ha vivido sabe, y quien no, no tiene ni idea. Hablé sobre esto con el Padre David. Pensé que se emocionaría pero no fue así. Simplemente me dijo que había que pensarlo. ¿Qué le pasa? Piden todos los días por las vocaciones y el día que se acerca uno ponen su cara de indiferencia y te dicen: hay que ver. ¡Curas! Me recomendó escribir lo que voy sintiendo todos los días, o al menos los días que note que Dios me está tratando de decir algo. Intentaré hacerlo. No le veo el sentido, pero tal vez después me sirva."

Matt tragó saliva, que se le había ido acumulando mientras leía su diario. Nadie le había contado nunca su historia. Sus palabras latían mientras las leía y pasaba sus ojos sobre ellas con un respeto casi sagrado. Era Palabra de Dios. La historia de su vida contada por él mismo. Siguió leyendo algunas entradas más, sobre todo las más largas. Aquellas que veía más llenas de recuerdos.

3 de mayo de 2002
"Hoy terminé con Debbie. Me siento demasiado triste para escribir, y lo único que quiero ahora es ver la televisión y dormir. ¿Por qué tiene que ser esto tan difícil? Ya se lo esperaba, pero para nada lo había aceptado. Llevaba semanas sin hablarle y sin responder a sus mensajes. ¿Cómo le iba a responder si estoy a punto de cambiar mi vida por completo? En unos meses entraré al seminario. ¿Qué quiere que haga? La culpa de todo esto la tiene Dios. Primero la pone en mi camino. Fue ella quien me sacó de mis niñerías de la universidad. Gracias a ella comprendí tantas cosas. Me hizo mejor persona. Y después resulta que era sólo un paso necesario para su plan, un daño colateral. ¿Ella qué tiene que ver? ¿Por qué tiene que sufrir? Yo también sufro, pero ella me importa más ahora. Primero la hice esperar por mis planes personales de venir a Nueva York, y ahora no sólo debe esperar más, sino que todo lo que esperó fue para nada. Todo porque al Señor se

le ocurrió llamarme. Es un egoísta. Por fin tuve el valor para decírselo. Cada día que pasaba era más difícil. No iré a Auburn hasta que termine el plazo que pedí en el trabajo, así que no podía esperar hasta entonces. Me hubiera echado en cara que no se lo dije antes, y por eso decidí hacerlo por teléfono. Creo que no fue lo mejor. Merecía una visita. Fui un idiota, y lo malo es que ya nunca más podré pedirle perdón. Debbie es ya parte de mi pasado. ¿Por qué el llamado de Dios tiene que ser tan problemático? ¿No se supone que nos llama a ser felices? ¿Por qué tanto sacrificio, tanta renuncia, tantas condiciones y cláusulas? Luego la Iglesia se quiebra la cabeza por analizar las causas de la crisis de vocaciones. Como si no fuera obvio. Ahora mismo exijo una aclaración de Dios. No es posible que me haga esto. Siento ganas de mandar todo a volar y seguir mi vida como si nada hubiera pasado. Lamentablemente no puedo. Espero que se me pase."

18 de mayo 2002
"Ayer me pasé de listo. Me fui de copas y la cosa salió de control. Derek también es un imbécil. Lo hizo a posta, para que terminara borracho y liándome con las tías que van a eso. He cambiado desde la universidad pero no me convertí en piedra. Me di cuenta que sigo siendo igual de vulnerable. Basta un poco más de alcohol del habitual y chicas igual de tomadas para que suceda lo de anoche. Hace mucho que no me sentía tan mal. No sólo físicamente. Lo mío era resaca general. ¿Cómo es posible que Dios llame a alguien tan frágil? ¿A quién engaño? Derek tiene razón. No puedo ser sacerdote. Me gustan las chicas, la fiesta, el alcohol, la música, tengo el trabajo de mis sueños y está Debbie. Bueno, en realidad a ella ya no la puedo contar en mi lista. Pero ahí estaba hasta hace unas semanas. Me encuentro débil y confundido. Parece que estoy viviendo la vida de al-

guien más. Creo que debería hablar con el Padre David sobre esto. Tal vez si conociera este lado de mí, él sería el primero en desaconsejar mi entrada al seminario. Después de todo si alguien va a ser cura, tiene que ser un santo. Entrar así sería un engaño. Dios no puede llamar a un sinvergüenza como yo. Creo que todo esto es un error. De todos modos me siento mal y entre o no al seminario debo madurar. Confieso que me divertí, y mucho. Pero no puedo seguir por ese camino. Es duro estando aquí. Me siento sólo. Llamaré al Padre David. Él sabrá que hacer."

25 de junio de 2002

"Hoy hablé con mi padre. Me dijo hasta de lo que me iba a morir. Parece que nunca estaremos de acuerdo en nada. Primero los pleitos por la carrera de periodismo, después mi ida a Nueva York. Ahora esto. Me dijo que lo único bueno que había hecho era haber estado con Debbie y ahora ni eso. Piensa que todo esto es para molestarlo a él, y para llevarle la contraria. No tiene ni idea. Se lo toma personal, y no se da cuenta que el primero que se siente víctima aquí soy yo. Como si a mí me encantara la idea. No se imagina lo que me está costando. Me cuesta más cuando las personas que me quieren se oponen y no están a mi lado para apoyarme. Me encantaría sentir el apoyo de Debbie y ya ni siquiera hablo con ella. Ahora que estoy en Auburn la extraño más que cuando estaba en Nueva York. Ahora está cerca y a mi alcance. Me gustaría correr hacia ella, pedirle perdón y volver a estar juntos. Pero no puedo. Ahora mi padre es el segundo que se sale de la barca dejándome más sólo aún. Mis amigos me apoyan, pero es un decir. No les importa en el fondo. Creo que la única persona que me entiende es mi madre. No está feliz de que me vaya, tampoco es eso. Pero siento que cuando hablamos sigue la lógica de mis

153

pensamientos y me tranquiliza como sólo ella puede hacerlo. Dice que si es lo mío, seré el hombre más feliz del mundo. Se siente orgullosa de que esté tomando esta decisión. A este punto lo único que quiero es que llegue el día de afrontar hasta la última consecuencia de mis decisiones. Me gustaría que ese día no llegara nunca. Necesito irme al seminario. Necesito resolver esto. Quizás cuando esté allá se darán cuenta de que no sirvo para cura y me correrán. Sería lo mejor que podría pasar."

13 de julio de 2002

"Llevaba tiempo sin escribir porque en el seminario no hay tiempo para eso. Estoy ocupado desde que me levanto hasta que me acuesto. No existe el tiempo libre. Alguna vez hubiera podido escribir algo, pero estás tan cansado que prefieres hacer otra cosa. Por fin me doy el tiempo porque son muchas cosas las que tengo en la cabeza y cuando escribo tengo la sensación de quien ordena por fin el cajón donde terminan todas las cosas que no tienen lugar propio. Puedo decir que en el seminario no soy tan alegre pero sí feliz. Tampoco es que esté triste. La felicidad que encuentro aquí no es tan visible. No me saca risas ni tantas emociones como las cosas de allá afuera. Por otro lado lo que hago todos los días me llena el corazón y responde a todos mis deseos profundos. Negarlo sería mentir. Me hubiera gustado que fuera diferente. Cuando llegué, no veía la hora del momento de la verdad. Anhelaba el día en que todo apuntara hacia una inminente partida. Pero no ha sido así. Cada día que me sumerjo en oración, descubro que Dios no para de mandarme señales y respuestas a mis preguntas. Todo indica que es mi lugar. Tampoco me molesta. Lo único es que en el fondo no lo esperaba. Hay razones por las que a veces me gustaría irme de aquí. Pero el común denominador de todas ellas es comodidad y un ego superlativo. La hora de levantarme, los agobiantes horarios atiborrados con actividades, el trato con algunos que son tan diferentes a mí, aguantar a los formadores... en fin. El otro día casi me peleo con un compañero, jugando fútbol. Obviamente le desespera tener que jugar con alguien mejor que él. Es un pesado. Si sigue así voy a terminar golpeándolo, porque no es la primera vez que me toca las narices. No entiendo cómo aceptan a gente tan idiota. Espero que no pase. Supongo que si te peleas en el seminario te corren. Las razones que me mantienen aquí, por el contrario, responden a anhelos interiores más profundos. He tomado la decisión de quedarme, por lo menos por el tiempo que dura el noviciado. El Padre John insiste en que nada está dicho. Dice que la decisión de entrar al seminario es distinta a la de ser sacerdote. Para la primera basta la inquietud y la propia decisión, pero para la segunda se necesita tiempo y más elementos que yo ahora no tengo. No me preocupa. Por ahora siento que es mi lugar, y que Dios lo quiere. Me gustaría que fuera más claro, pero al parecer así suele hablar."

Llegó a una entrada que le llamó poderosamente la atención. Era breve pero tenía un contenido poderoso y al mismo tiempo lleno de misterio. Parecía metáfora, pero no como las demás. Algo que en todos esos meses jamás había pensado.

9 de septiembre de 2008
"Hoy haré mi profesión de votos. Hoy me caso. Me caso con Cristo, me caso con la Iglesia y me caso con María. Hoy prometo amor eterno, y Dios me lo promete a mí. Hoy continúa una alianza comenzada hace años y se sella para siempre. Sé tú, Señor, mi fuerza. Y tú, María, llévame en tu seno hasta el altar."

Hasta entonces había asimilado que un joven pudiera entrar a un seminario por muchas razones, pero definitivamente no lo veía como un matrimonio con Jesús. Dios era amigo, hermano, Salvador... todo eso estaba muy bien. Pero ¿esposo? ¿Qué quería decir casarse con la Iglesia o con María? Sonaba muy extraño y lo releyó varias veces. Hasta que descubrió el sentido. De hecho, sólo así tenía explicación lo que había sucedido años atrás. Había renunciado al matrimonio, pero no a su corazón ni a su afectividad. Él se había casado con Dios y Dios con él. Se habían jurado amor para siempre. Y no lo recordaba.

Terminó de leer otras entradas menos relevantes del diario y así terminó de averiguar la breve historia de cómo un ejecutivo exitoso acabó vistiendo una sotana negra.

Las hojas del cuaderno crujían al pasarlas como si el relato estuviera cargado de energía. No le cabía duda de que fueran sus escritos. Era un apacible lago donde se reflejaba su pasado con transparencia absoluta. No hay espejo que mejor refleje la imagen del hombre que sus palabras. Sólo le hacía falta recordar haberlo vivido. Deseaba poder leerlo como historia personal y no como la vida de alguien más. Le era imposible reclamar esos relatos como propios. El hatajo de recuerdos atravesaba su cabeza, pero cuando alcanzaban la altura de su corazón, eran rechazados como viles infecciones. Necesitaba antibiótico y no tenía receta.

Cuando cerró el cuaderno se acordó de su padre. Lo había dejado solo en la sala de visitas. Se preguntaba qué habría hecho a esas horas de la noche. Hubiera deseado salir a buscarlo, pero era demasiado orgulloso. Pensó mucho aquella noche. Recordó las palabras de su madre. "Ahora tienes la oportunidad de hacer bien las cosas" refiriéndose a la relación con su padre. No sabía aún lo que pasaría con él mientras no regresara su memoria, pero no podía repetirse la historia. Debía reconciliarse con su padre. Además el diario no había sido tan relevante después de todo. Es verdad que le había sugerido nuevos temas. Le dejaba claro que el proceso de su ingreso al seminario no había sido una decisión tomada con ligereza. Su lucha había descansado en opciones sopesadas. Pero no resultó de tanta ayuda para sacar los recuerdos de su cueva. Se había aferrado a dar con el último recuerdo pensando que sería el Mesías esperado, pero ahora que lo tenía delante de él lo destruía haberse equivocado de blanco.

A la mañana siguiente encontró al Padre John hablando con su padre. De lejos, Joe se veía derrotado, como nunca lo había visto jamás. Había perdido su seguridad y su talante. Su mirada estaba nublada y dos grandes ojeras colgaban de su rostro. El silencio de su hijo lo había mantenido despierto toda la noche, ahogándolo en la angustia y haciéndolo sentir ese extraño nudo que se nos hace en el estómago cuando algo nos preocupa. Nunca había visto a su padre así. Nunca. Le inspiró compasión, lo único que le faltaba para perdonarlo por completo.

Antes de proferir palabra, llegó y lo abrazó, y Joe descansó en los brazos de su hijo.

—¿Quieres hablar?

—Claro, Matt.

Caminaban por las avenidas del seminario. Encajaban sus pies lenta y suavemente en las baldosas del camino, como si el ruido de sus pasos los fuera a distraer de lo que tenían que decirse.

—Matt, lo siento mucho. Antes de que me digas lo que me tienes que decir tienes que escucharme. Me merezco que no me hables nunca más, pero no puedo vivir así. Cometí muchos errores en mi vida ya y no puedo perderte para siempre. Todo lo que hice, todos mis intentos por disuadirte de tu decisión, fueron porque te quiero. En mi mente estaba haciendo lo mejor para ti. Por fin entendí hace unos días que, si de verdad te quiero, debo apoyarte.

—¿Qué pasó hace unos días?

—Fui con tu madre a una misa en la Iglesia de los padres franciscanos. En un cierto momento, alguien se acercó y me regaló una tarjeta de un Cristo que se supone que le habló a San Francisco. Cuando comencé a leer la historia del santo, descubrí también la historia de su padre, de cómo lo rechazó y lo desheredó cuando decidió dejar todo para seguir su vocación. Entonces lloré amargamente. Me identifiqué con él y me sentí mal. No quiero ser ese padre desconsiderado que no supo apoyar a su hijo. No pude más, y sentí que debía entregarte el diario.

—El diario tampoco es que haya sanado mi cabeza.

—Pero tal vez pueda sanar nuestra relación. Tal vez el mensaje en esta ocasión es para mí, ¿no crees? No espero que me perdones. Es algo que tenía que hacer. Si no me quieres ver más, estás en tu derecho. Aunque me cueste, por fin encuentro paz en mi corazón.

Matt se conmovió y volvió a abrazar a su padre. Mientras lo abrazaba tomó el turno para hablar.

—No tienes por qué pedirme disculpas. Soy un testarudo y la mayoría de las peleas de todos estos años han sido mi culpa. Siempre he llevado a cabo mis planes sin hacerte parte de ellos y ese ha sido mi error. Te quiero, papá. Perdóname tú también, ¿quieres?

—Lo testarudo lo heredaste también de mí, hijo. Eres un Collins. De tal palo tal astilla. Nos viene en la sangre.

—Por cierto —dijo Matt cambiando de tema—, ¿dónde dormiste ayer?

—En el coche, ¿dónde más? No dormiría jamás en un seminario...

Matt reía y Joe lo zangoloteaba y despeinaba, como

lo hubiera hecho cuando jugaban a las luchas en su primera adolescencia. Antes de que las decisiones y la distancia los apartaran.

Un último abrazo puso fin a los años de peleas y discrepancias. Joe podía no estar de acuerdo, pero por fin le daría a su hijo el apoyo que tanto le faltaba. Matt por su parte lo había incorporado a su lista de personas de confianza. Podía continuar su búsqueda con un nuevo aliado.

Antes de dejarlo, Joe le regaló la tarjeta del Cristo de San Francisco. La cruz de San Damián. Matt se estremeció al verla. Era el Cristo de sus sueños, su Cristo mudo. Prefirió no contar la historia para no comprometerse a nada. Su Cristo seguiría siendo su secreto hasta que no lograra descifrar qué tenía que ver con su pasado. Su padre partió a Auburn esa tarde. Cuando Matt se guardó en su habitación, comenzó a soñar despierto con su Cristo, hasta que se quedó dormido.

No hay modo de saber si fue la historia de su padre o el diario quien le dio voz al Cristo aquella noche. En el sueño, Matt se acercó como de costumbre a la cruz para intentar escuchar al agonizante. Si no hubiera sido porque despertó se hubiera acercado más a él. Esta vez había hablado, pero no habría puesto la mano en el fuego. Sentía un hormigueo en la cabeza y el pulso se le disparó. El sonido de su respiración se acentuó. No sabía si lo que pensaba había salido de la boca del Cristo, pero todo parecía indicar que sí. Un pensamiento controlaba su mente. Sintió la eternidad de las décimas de segundo en que se toman las decisiones. "Roma". Debía volver a Roma. Debía recuperar su vida, aunque todos sus recuerdos conspiraran en su contra.

Sacerdote para siempre

—"Cuando pronunciéis las palabras "yo" o "mío" lo haréis, no ya en vuestro nombre, sino en el nombre de Cristo, que quiere servirse de vuestra boca y de vuestras manos, de vuestro espíritu de sacrificio y de vuestro talento".

El obispo taladraba cada frase de su homilía en las blancas paredes de la memoria de quienes estaban a punto de recibir el don más grande de sus vidas.

—"¡Oh, venerable dignidad del sacerdote! Ellos son más grandes que los ángeles. El mismo Jesucristo le dijo un día a santa Brígida: Yo he escogido a los sacerdotes por encima de los ángeles y de los hombres, y los he honrado sobre todas las cosas. El sacerdote es un hombre revestido de todos los poderes de Dios. Al sacerdote no se le podrá comprender bien más que en el Cielo. Cuando celebra la misa, él hace más que si creara un mundo nuevo. Si yo encontrara un sacerdote y un ángel, yo saludaría primero al sacerdote y después al ángel."

Matt escuchaba la predicación con la mayor atención que le permitían las circunstancias. Intentaba conciliar sus emociones con la piedad, cosa que en un momento como ése se disuelven tanto que no se sabe quién es quién. El obispo anunció el final de su sermón.

—"Recordad siempre que sois servidores de Dios y de vuestros hermanos. Pastores con olor a oveja. Es en la humildad donde vuestro ministerio se vuelve fecundo. Acordaos de nuestro Señor, que se hizo pobre para interceder por nosotros. No lo olvidéis nunca."

Un estrepitoso silencio llenó el colosal y sagrado recinto. Parecía que la multitud de fieles había desaparecido. De pronto, llegó el momento de la verdad. Las palabras ahora pronunciadas por el rector eran tan afiladas que cortaron el ambiente. El silencio que se había robado las voces de todos, salió corriendo por donde pudo.

—Reverendísimo Padre. La santa Madre Iglesia pide que ordenes presbíteros a estos hermanos nuestros.

—¿Sabes si son dignos?

Cada letra de la pregunta salió volando en direcciones incontrolables, recorriendo cada rincón de la basílica hasta dar con el corazón de los treinta y cuatro diáconos que aquel día se ordenarían sacerdotes. El obispo, revestido con toda la solemnidad posible, había tomado las palabras con su mano, y se las entregaba al rector del seminario para que respondiera. El sacerdote tenía la última palabra. Sonaron sus nombres. Sus treinta y cuatro nombres, que rebotaron por las paredes hasta perderse en la cúpula de Miguel Ángel.

—Según el parecer de quienes los presentan, después de consultar al pueblo cristiano, doy testimonio de que han sido considerados dignos.

Los elegidos, de pie delante del celebrante se disponían a emitir sus promesas. Expresaban delante de una basílica repleta de fieles, fidelidad al cumplimiento de sus deberes sacerdotales. Prometían predicar, orar, celebrar sacramentos.

Matt apenas podía hablar. Enhebraba las palabras en su mente hasta que consiguió pronunciarlas sin equivocarse. Desearía que el rito de ordenación hubiera sido en silencio y dentro de su santuario interior. Sus labios y mejillas le temblaban. Prometía junto con sus compañeros de batalla lo que sería su vida de ahora en adelante.

—*Flectamus genua.*

El cantor entonó en latín la indicación que daba inició al rito de la ordenación. Todos se arrodillaron, a diferencia de los diáconos. Ellos se postraron en el suelo, en señal de humildad. Como muertos, o recién nacidos. Sepultados y listos para resucitar. Tumbados delante del presbiterio, con las palmas de sus manos separando sus frentes del gélido suelo de la basílica, escuchaban en éxtasis las letanías cantadas por la asamblea. Todos oraban por ellos.

Terminados los rezos, los candidatos se pusieron de pie para la imposición de las manos y la oración de consagración. Era la hora de los milagros. Era el clímax, no sólo del rito, sino de todas sus vidas. La razón por la que habían dejado casa, familia, patria y proyectos. Después de más de diez años de estudios y peripecias, por fin serían ordenados. El obispo impuso sus manos en silencio sobre cada uno de ellos y después pronunció la oración consagratoria.

Matt sintió el vendaval del Espíritu que tomaba control absoluto de todo su ser. No pensaba en nada más. Era sacerdote. Ya no pensaba en lo que había tenido que dejar. Sólo pensaba en Dios, en sus manos ungidas y en lo feliz que era. Lloró casi toda la misa, de cabo a rabo.

Llegó el momento de la comunión, y los nuevos ordenados tomaron el copón para llevar la Sagrada Eucaristía. La consagración había estado llena de misticismo, pero el primer encuentro del hijo sacerdote con sus padres era una escena que Matt había soñado muchas veces antes de aquel día. Literalmente lo había soñado. Ahora era realidad. Vio de lejos a sus padres que se abrían paso entre la muchedumbre, y sus ojos bañados en lágrimas fueron el anzuelo que los tiraba hacia él. Sus padres lo mordieron con prisa y se acercaron lo más rápido posible. La primera en caer de rodillas fue su madre, con sus manos juntas sobre el pecho y el maquillaje convertido en un río rojinegro que le corría por las mejillas hasta el suelo. Su padre mantenía un rostro rígido y no se arrodilló, pero expresaba su cariño de otra manera. Se había confesado después de años de no hacerlo para poder recibir la comunión de manos de su hijo, lo cual para Matt valía más que kilómetros de peregrinaciones hechas de rodillas.

Hubieran querido abrazarlo, sobre todo su madre, pero no podían. Aún la misa no había terminado, y siendo ministro concelebrante debía concluir el rito. Además tenía muchas cosas que hablar con su Señor. Le ardía el pecho. Cuando se sentó, comenzó su acción de gracias.

—*Señor: me gustaría que estas palabras fueran una poesía, pero soy de California y es imposible. Hace doce años me llamaste. No entendía lo que querías, ni por qué lo hacías, pero te seguí con alegría y a la vez con muchas dudas. Poco a poco fuiste penetrando en mi corazón, derribando mis muros y mis obstáculos. Fuiste tú quien poseyó mi corazón, quien fue transformándolo poco a poco. Hoy me doy cuenta que sigo siendo el mismo débil y egoísta, y me doy miedo. Pero a la vez, Señor, me doy cuenta del milagro que obraste en mí, y te doy gracias por haber puesto tus ojos en la humildad de tu esclavo. Tu don me supera, Señor. Es un misterio. Concédeme serte fiel hasta el final, y ser fiel a tus Palabras. En la salud y en la enfermedad. Aunque vengan las torrentes y soplen los vientos. Haz que sea un reflejo de tu Amor y de tu misericordia. No dejes que mi egoísmo, que el mundo o la carne me separen de Ti. Concédeme cumplir siempre tus mandamientos y dejarme llevar siempre por la acción de tu Espíritu. Por fin soy sacerdote. Por fin. Hubo mil veces que lo dudé, que pensé que nunca pasaría. Tú lo quisiste. En tu nombre echo las redes hoy. Quiero que tú seas el protagonista como lo has sido hasta ahora. Hoy, y todos los días de mi vida. Hazme un instrumento de tu amor.*

Cuando terminó la ceremonia salieron por el pasillo principal y los padres de los nuevos sacerdotes esperaban en el atrio del templo. Megan era un coro de lágrimas encarnadas. Se encontraba fuera de sí. De esas veces que hay tanto que decir, y no sabes por dónde empezar. Cedía el paso al silencio, sabiendo que las palabras se quedarían tan cortas como los primeros pasos de un bebé. Matt buscaba a sus padres, pero ahora eran ellos quien le lanzaban el anzuelo imaginario con la mirada y lo atraían hacia ellos. De camino se estrujaba las manos con cariño. Eran las manos de Cristo. El campo magnético que se sentía en el aire, los atrajo fuertemente, hasta sellar todas sus emociones con un abrazo disuelto en lágrimas de cristal.

—¡Hijo! ¡Matt!

Megan cayó de rodillas y le pidió su bendición. Matt se agachaba, rogándole que se pusiera de pie, pero cuando acercaba sus manos para levantarla, ella se las tomaba y las besaba, con una fe gigante. En las manos de Matt se mezclaban el óleo sagrado y las lágrimas de su madre. Eran las mismas manos que habían dibujado garabatos con crayolas en el *kinder*. Manos que habían lanzado cientos de balones de americano, jugado ping-pong y escrito miles de palabras. Su hijo era ahora su padre en la fe. Joe alcanzó a Megan en su viaje hacia el suelo, más por ayudarla después a subir que por devoción. Recibieron una breve pero solemne bendición llena de cariño y agradecimiento. Después de esto, Matt se arrodilló.

—Ahora tú bendíceme, mamá.

Era el momento perfecto para pedirla. Megan lo había engendrado no sólo en el cuerpo, sino en el Espíritu y en la fe. Ahora, como María en las bodas de Caná, lo exhortaba a iniciar su ministerio con esa entrañable tradición.

—Hijo, ¡por fin sacerdote! ¡Felicidades! Estamos orgullosos de ti.

—Felicidades, Matt —resumió también su padre con dos sencillas palabras tantos años de silencio y de resistencia. Por fin lo felicitaba y abrazaba. Estaba presente, lo cual no era poco, e incluso se había preparado para recibir la comunión. Matt lo tomó por el hombro y lo besó también, rompiendo el hielo que había petrificado su relación durante los años de su camino hacia el altar. Había ido derritiéndolo un poco con el calor de sus oraciones, pero seguía siendo hielo. Meses después se derretiría por completo. El iceberg se iba a convertir en un tranquilo y pacífico lago. Por ahora Joe sonreía falsamente, como lo hacen los perdedores en las victorias de sus rivales. A Matt eso y poder abrazarlo le bastaba. Era más de lo que podía esperar de él. Sólo Dios logra perforar ciertas cabezas duras con métodos que sólo Él conoce.

El Cristo mudo

Llegaba en el vuelo 1040. De camino se había entretenido leyendo el libro de las confesiones de San Agustín, que el Padre John le había regalado antes de partir. Había separado la parte que hablaba sobre la memoria, como le había prometido. De todo lo que leyó, se quedó embelesado con una parte en especial, que releyó varias veces para poder entender.

"¿Qué haré, pues, oh tú, vida mía verdadera, Dios mío? ¿Traspasaré también esta virtud mía que se llama memoria? ¿La traspasaré para llegar a ti, luz dulcísima? ¿Qué dices? He aquí que ascendiendo por el alma hacia ti, que estás encima de mí, traspasaré también esta facultad mía que se llama memoria, queriendo tocarte por donde puedes ser tocado y adherirme a ti por donde puedes ser adherido. Porque también las bestias y las aves tienen memoria, puesto que de otro modo no volverían a sus madrigueras y nidos, ni harían otras muchas cosas a las que se acostumbran, pues ni aun acostumbrarse pudieran a ninguna si no fuera por la memoria. Traspasaré, pues, aun la memoria para llegar a aquel que me separó de los cuadrúpedos y me hizo más sabio que las aves del cielo; traspasaré, sí, la memoria. Pero ¿dónde te hallaré, ¡oh, tú, verdaderamente bueno y suavidad segura!, dónde te hallaré?" Porque si te hallo fuera de mi memoria, olvidado me he de ti, y si no me acuerdo de ti, ¿cómo ya te podré hallar?".

Las palabras le sugerían una nueva meta: debía traspasar su memoria para llegar a Dios, y que Él mismo le contara quién era. Dios tendría las respuestas a sus preguntas. Dios, que lo había creado, sabía su pasado, su presente y su futuro. El Padre John tenía razón. Y más la tenía Agustín. No buscaría ya un último recuerdo. Debía buscar el más profundo de todos. Buscaría a Dios, y en Dios su propio pasado.

Aterrizó después de algunas horas en el aeropuerto de *Fiumicino*, en la ciudad eterna. Roma vestía un día soleado y lo recibía con los brazos abiertos. Andrew esperaba ansioso a su amigo después de meses de no verlo. Se movía como siempre de un lado a otro, incapaz de estar quieto un segundo. Parecía que una maraña de hormigas marchaban por todo su cuerpo. Como si tuviera alguna enfermedad que le prohibía estar sentado por más de dos minutos como gente normal.

No sabía cómo estaba Matt. La comunicación con él desde su partida se había reducido a pocos correos electrónicos. Por fin anunciaron la llegada del vuelo. La puerta eléctrica se abrió y escupió a los primeros pasajeros. Andrew tomó su mirada y la lanzó como jabalina al interior de la sala, logrando franquear la seguridad de la zona de recogida de maletas hasta dar con Matt. Agitaba sus brazos estrepitosamente para hacerse notar. Cada vez se movía más, perdiendo su compostura, sin importarle la investidura clerical que lo distinguía. El hábito no hace al monje, estaba claro. Por fin salió con sus maletas.

—Disculpa, ¿quién eres tú?—dijo Matt, usando sus cejas para cargar sus palabras con seriedad.

Andrew lo golpeó en el pecho y le dio un abrazo violento acompañado de varias palmadas en la espalda. La ropa amortiguaba los manotazos, pero aún así los golpes resonaron en todo el edificio, llamando la atención de los demás.

—¡Basta, *dude*! Eres un escandaloso.

—Vámonos. Te ayudo.

El camino hacia el coche estuvo dominado por las conversaciones obligadas de quienes llegan al aeropuerto o van a recoger a alguien. Las preguntas versaban sobre el viaje, el clima y el clásico retraso de las maletas, distintivo casi centenario del aeropuerto de Roma. Una vez incorporados en la carretera, Andrew le anunció su plan.

—¿Tienes hambre?

—Sí.

—Iremos al puerto.

—¿Qué puerto? No sabía que Roma tenía puerto.

—Inculto.

—Idiota. ¿Qué puerto?

—No es Roma exactamente, pero está cerca de aquí. *Il porto di Fiumicino*. Solíamos ir ahí seguido. Nos escapábamos cuando queríamos hablar de nuestros problemas o simplemente olvidarnos de ellos. Te encanta la comida y caminar por el malecón. Ya verás.

Llegaron justo al atardecer. Cuando se bajaron del coche, Matt comprendió de lo que hablaba. La suave brisa del mar aguijoneó su cara, recordándole un sentimiento que había sido frecuente en sus visitas esporádicas a tan paradisiaco lugar. Las nubes escondían buena parte del sol, y pintaron el horizonte no de rojo ni naranja, sino rosa. Una puesta de sol única e irrepetible, como todas pero a la vez como ninguna. Quien goza los atardeceres hubiera cambiado cualquier compromiso por estar ahí en ese momento.

—¿Increíble, no?

—Sí. *Wow*.

Tomaron varias fotos con el celular. Estaban en el final del malecón, en un muelle rodeado por aguas revueltas y bastante encrespadas. Andrew decidió que era tiempo de hablar.

—Y bueno, ¿cómo estás?

—Bien.

—Ah. Ok.

—¿Qué?

—No, nada. Después de unos meses espero un poco más que un "bien".

Matt cedió y le contó soslayadamente algunos de sus episodios en Auburn y Nueva York. Sobre todo lo del diario, lo del niño que había muerto casi en sus brazos, sus diálogos con el Padre John, el regreso de los idiomas y sus impresiones del seminario.

—En Nueva York los hermanos son más cuadrados que aquí, ¿lo sabías? Nadie me hablaba.

—Son más jóvenes. Y además no te conocen.

—¿Y eso qué?

—Ya te lo dije. No han salido a la guerra. Es todo. Tu vida cambia cuando sales de la barricada. Tú y yo también pasamos por eso, y por cierto no nos vendría nada mal de vez en cuando volver a los orígenes.

—Ahora resulta que en mi ausencia te convertiste en la Madre Teresa.

—Conversión permanente, *buddy*. Ya te lo había dicho. Bueno, ¿y luego?

—Y luego nada. Siento que tengo que luchar por esto. Decidí hacer lo necesario para volver a mi vida habitual. No importa si tengo que volver a estudiar todo, como me habían dicho. Es lo correcto. Si no vuelven los recuerdos, al menos debo recuperar mi vida.

—Nuestro profesor de Derecho canónico decía que la memoria es la facultad por la cual el hombre es capaz de olvidar. Se ve que te lo tomaste muy a pecho.

—No es gracioso, Andrew.

Andrew disimuló la sonrisa que se le había escapado, dándose cuenta que el comentario no había caído bien.

—Matt, los recuerdos están regresando. Es cuestión de tiempo.

—Tengo miedo de sólo recordar las cosas que menos me importan. Preferiría mil veces acordarme de decisiones y anécdotas que de idiomas y tonterías.

—Bueno, ten paciencia. Poco a poco.

—Sigo desesperándome mucho, no creas. Es muy duro no recordar las cosas. Pasan los días y piensas que se te pasará, pero sigues igual y te dan ganas de tirar todo por la borda.

—En la vida no todo son recuerdos. Estás vivo, Matt. Deberías agradecer eso a Dios. Podías haber muerto.

—Lo sé, pero a veces siento que haber perdido mi memoria es como haber perdido mi identidad. Ya no sé exactamente quién soy.

—— Sí lo sabes, sólo que no lo aceptas.

—Claro que no lo acepto. Somos quien somos porque lo recordamos. Ya te lo había dicho. Si no recuerdas por qué te has convertido en lo que eres, qué sentido tiene la vida.

—¿El diario no ayudó?

—Más o menos. Es como una pieza de museo. Mientras no recuerde haber vivido todo eso, es como si me contaran una historia de alguien más. Como si nunca hubiera sucedido.

Seguían mirando al mar. El sol se había agachado aún más. El rosa se marchaba de puntillas mientras el gris avanzaba a zancadas.

—El mar no tiene memoria.

—¿Qué?

—Dije que el mar no tiene memoria. Y sin embargo está vivo y ha sido protagonista de miles de historias, de batallas, de travesías, de viajes inolvidables.

—No tiene sentido.

—Sí lo tiene. Tú puedes no tener memoria, pero has sido protagonista de una vida. Has ayudado a muchas personas, has vivido muchas experiencias que te hacen quien eres. No tus recuerdos. Los hechos reales, que están ahí. El mar es mar no porque se acuerde de ello. Basta que los demás lo sepan. Creo que tienes mucho que valorar.

Matt pensaba en lo que decía. Tenía aún mente de escritor, y mientras Andrew hablaba se zambulló en la analogía y se dejó llevar por el reguero de la lógica y la fuerza de la metáfora. Él era el mar, y el mar no tiene memoria.

Caminaron otro rato por el malecón y Matt siguió contándole a su amigo pormenores de su reciente tiempo en Estados Unidos.

—Te contaría lo que pasó con Debbie, pero eres muy inocente para escucharlo —dijo Matt intentando picar la curiosidad de su amigo y asustarlo a un poco.

—Me imagino.

Para sorpresa de Matt, Andrew no se había escandalizado ni puesto nervioso por el comentario. Sus ojos demostraron a Matt que lo sabía y lo entendía todo, y dándole un par de palmadas en la espalda le dijo:

—En la vida consagrada, de los tropiezos bien vividos, te levantas más consagrado —dijo Andrew.

—Me prometiste comer y no lo veo claro.

—Sí, muy bien, cambia de tema, cobarde.

—Te cuento en la comida. Tranquilo, dramático.

Andrew sonrió.

—Vamos. Por aquí hay un restaurante buenísimo. Sólo que espero que traigas dinero porque no tengo ni un cinco.

—Sí, sí tengo. Mi padre estaba eufórico cuando hicimos las paces y me regaló una cartera llena de *grants*. Espero que los acepten los italianos.

—Claro que los aceptan. Somos los dueños del mundo, viejo. *God bless America!*

Se dirigieron al restaurant que ya los había visto entrar en otras ocasiones. Matt pidió lo de siempre, una pasta *Alfredo* con camarones, no por recordarlo sino por gusto. Andrew prefirió un *risotto alla pescatora*. Concluyeron su tarde con un buen café y unos puros que Matt había traído de su casa. Andrew disfrutaba como nunca.

Llegaron tarde al seminario y descansaron lo suficiente para recibir el nuevo día con ganas de volver a emprender sus tareas. Andrew sus clases. Matt su vida. Buscó al Padre Carlos.

—*Welcome, father*!

—Gracias.

Respondió en español, provocando la sorpresa del sacerdote.

—¡Pero bueno! ¿Ya recuerda todo?

—No, padre, sólo los idiomas.

—Que no es poco.

—No, no lo es.

Matt le contó algunas cosas que habían surgido en su viaje, sobre todo lo referente a su memoria. Evadió todos los temas personales. No sentía la confianza para abrir su alma con quien aún estaba en la lista de los desconocidos.

—Vamos a mi oficina. Tengo que hablar con usted.

Una vez sentados los dos, con el grande escritorio en medio, el Padre Carlos sacó una carta con un membrete bastante llamativo. Era del Vaticano. Con Roma había ido a parar.

—Cuando se fue, presentamos su caso a la Santa Sede, para saber qué opciones había. Nos contestaron que, si no recuperaba su memoria en estos meses, lo mejor era dispensarle de los votos y del ministerio sacerdotal. Nos pidieron algunos informes médicos hace ya tiempo. Al parecer decidieron no esperar su petición formal, supongo que por el tema de que usted no recuerda nada.

Matt la tomó y comenzó a leer. Era la dispensa sacerdotal. Estaba absuelto de toda responsabilidad y compromiso. Podía volver a su casa. Apagar e irse. Sintió el resquemor que saltaba de la hoja e incordiaba sus ojos. Los abría y los cerraba, esperando que en una de esas las palabras saldrían corriendo y huirían, pero se habían plantado para siempre en un papel, desafiándolo y cambiando todo su futuro. Era libre. El Papa le concedía la dispensa. Podía irse con la conciencia tranquila.

—Sólo falta que la firme. Tenga en cuenta que la Santa Sede está haciendo una excepción por la gravedad de su caso, pero, a la vez, le deja en total libertad de decidir. Si prefiere continuar, simplemente se hace caso omiso de esta carta y se informa que repetirá los cursos requeridos para volver a ejercer su ministerio de modo ordinario.

El sacerdote notó que Matt se había convertido en una efigie de absoluta y sustantiva confusión. Tomó la pluma. Al instante la dejó caer sobre el papel.

—Tengo que pensarlo mejor.

—Bien, Padre. Tómese el tiempo que necesite.

Pasaron los días y la carta se volvió su sombra. Le abría de nuevo la posibilidad que había estado tan presente al inicio. Pensó que aquella tentación había desaparecido, pero comprendió que en el fondo, muy dentro de él, deseaba ardientemente regresar a su casa y dejar el sacerdocio. Era lo más coherente. La carta misma lo aducía y lo justificaba, como si se tratara de algo obvio y comprensible. ¿Quién lo tenía ahí? ¿Qué esperanza real había de volver a la normalidad? Habían pasado casi cinco meses y la cosa no mejoraba, o al menos no para lo que estaba a punto de decidir.

Por las noches ya no soñaba con su Cristo. Soñaba con la carta. La hoja membretada se mudaba, flotaba sobre el escritorio y formaba con las negras palabras un enorme signo de interrogación. ¿Qué hacer? ¿Qué pensar? ¿Ser o no ser? Esas eran las preguntas.

En unas semanas volvió a acudir a su viejo amigo,

el deporte. Corría ida y vuelta desde el seminario hasta *Villa Pamphili* sin parar, escuchando música del 2000, cosa que subconscientemente le trasladaba a su vida antes del seminario. Andrew lo intentaba sacar de su exilio voluntario, pero se resistía inventándose todo tipo de historias diferentes para evadirlo. Andrew no era tonto, pero los amigos saben respetar el espacio cuando es necesario, así que lo respetó. De nuevo.

Un día, unos nudillos aporrearon desesperadamente su puerta. Sonaron a Andrew.

—Matt. Tienes visitas.

—¿Quién?

—Lucía.

—¿Quién es Lucía?

—Es una larga historia. Ponte la sotana, te debe ver con el hábito.

Matt no preguntó nada, pues su confianza en Andrew era total. Si él lo decía, lo haría sabiendo que le explicaría de camino.

—Lucía es como tu madre italiana. O abuela. Es de Frosinone, donde tú trabajabas antes de ordenarte. Ibas cada dos semanas a dar catequesis y a acompañar a las familias. Ella te adoptó y la quieres muchísimo.

—Andrew, no tengo ganas, de verdad.

—Vino desde su pueblo a verte. No seas maleducado. Tienes que escuchar lo que quiera decirte. Ella sabe lo del accidente, y sabe que no la recuerdas, pero obviamente no puedes ser tan cortante. Trata de mostrarte amable, y déjate querer. No puede ser tan malo. Soporta lo que venga, y ánimo.

—Ok. Vamos.

Llegaron al recibidor, donde Lucía esperaba paciente con una pequeña caja en sus manos.

—¡Matteo!

Sus brazos y sus manos abiertas se acercaron a él

con una efusividad superlativa. Matt pensaba que lo abrazaría, pero sus manos fueron directo a la cara. Lo besó, dos veces, a la italiana. Aunque se sintiera incómodo, no se atisbaba ninguna duda de que Lucía fuera su "madre". No había distancias. Era una efusión de amor auténtico. Se sentaron a hablar y Matt no sabía bien si debía decir algo, pero su problema se solucionó cuando Lucía empezó a hablar. Los italianos pueden hablar por horas sin parar mientras haya alguien que los escuche y que los vea. Muy importante que los veas. Las manos son para ellos igual de imprescindibles que las cuerdas vocales. Le decía cuánto lo sentía. Las palabras salían heridas de su boca, pero vendadas con una ternura sublime.

Matt no sabía qué decir. Sonreía a veces, otras torcía los labios, y le aseguraba con su recordado pésimo italiano estar contento. Le agradecía como podía.

—Matteo, *tieni!*

Le extendió la pequeña caja, decorada con un listón dorado.

—*Aprilo!*

Matt desenredó el listón con delicadeza de cirujano. No sabía qué esperar. Abrió la caja, y salió de adentro un destello que casi lo deja ciego. Era un Cristo. Su Cristo mudo.

—Me lo diste el día del accidente. Me dijiste que era una larga historia y que esa Cruz la habías recibido el día en que Dios te llamó. Cuando la dejaste en mis manos, me dijiste también que te la guardara, y que un día la necesitarías. Te la regreso. Espero te recuerde lo que necesitas recordar.

Matt temblaba. Su mente viajó a sus sueños. Era el Cristo que lo había hecho volver a Roma. El Cristo que había ablandado el corazón de su padre y que había logrado la reconciliación con él. Su Cristo mudo, el que después de entregarse aquella noche en la Catedral de

San Patricio le recordaría para siempre el sentido de su entero existir.

Matt se levantó y abrazó a su desconocida madre o abuela adoptiva, devolviéndole el cariño que ella le había proferido cuando lo vio entrar al cuarto. Lucía se emocionó y lloró. Tal vez pensó que Matt la había recordado, pero no era así. Le agradecía porque en esa caja Matt había encontrado la respuesta a las preguntas que la carta le disparaba todos los días, y también las noches. ¿Qué hacer? ¿Qué pensar? ¿Ser o no ser? Su Cristo mudo quería que fuera. Ser. Recuperar su vida. Volver a empezar.

La memoria del cristiano

—Las manos más abiertas.

—¿Así?

—No, menos. Así.

El profesor de liturgia había recibido el encargo de enseñar a Matt cómo celebrar la misa y el significado de cada parte del rito. Matt volcaba toda su atención y asimilaba más rápido de lo normal. Como si en otra vida lo hubiera hecho ya.

—Después vuelves a juntar tus manos y comienzas la plegaria.

Así pasaba la mayoría de sus tardes. Leyendo y aprendiendo los ritos de cada sacramento. Era por mucho el alumno más dedicado que el Padre había preparado. Aprendía tan rápido que parecía saber las cosas antes de escucharlas. Las sabía por el reciente estudio, no por recuerdos. La interiorización intensa y constante le daban ventaja. Se dormía con los libros, cuando dormía. Vivía para eso. Adelantaba con pasos de gigante. Conquistaba en meses lo que le había costado años.

—Si sigues así, en un año estarás listo.

—¿Un año?

—Sí, un año. Estás avanzando muy rápido. Ten en cuenta que estamos condensando cuatro o cinco años en uno. Date por bien servido, hijo. Puedes irte.

Terminó su sesión de ese día, y cuando llegó a su habitación, descubrió que había una tímida hoja café asomándose por el rabillo de su puerta.

"Concelebración Eucarística con el Santo Padre Francisco. Fiesta del Corpus Christi. Basílica de San Pedro."

—Es en dos días —dijo Andrew entrometiéndose. Atacó por la espalda sin hacer el más mínimo ruido, sobresaltando un poco a Matt—. Iremos todos. Me dijo el Padre rector que habló con los de la Congregación para el Clero en el Vaticano y te dejarán concelebrar si demuestras que puedes hacerlo. Necesitas eso y la intención.

—Puedo y quiero.

—Habla con el Padre. ¡Por fin! Si lo haces bien tal vez te adelanten tu "graduación". Es tu oportunidad. No la riegues.

—¿Crees que deba hacerlo? ¿No es demasiado pronto?

—¿Pronto? No seas ñoño. Llevas doce años en esto. Basta que les muestres que quieres y puedes hacerlo. Prueba que sabes lo necesario. Te están sirviendo el plato en bandeja de plata. Además es todo legal. Hazlo. No pierdes nada. Si la lías, vuelves al ritmo normal y te preparas mejor.

—Ya.

—Otra cosa. Si vas con el Padre no le digas que lo sabes. En realidad me enteré por vías extraoficiales. Hazte el sorprendido. Finge demencia, cosa que sabes hacer muy bien.

—Eres un "mafias"...

Andrew pegó una risotada que se escuchó en todo el pasillo, y se esfumó tan pronto como pudo, antes de que la puerta del formador se abriera, buscando el origen de tanto alboroto. Matt también se introdujo en su habitación y se abrió paso entre los libros, que eran prominentes en aquel recinto. Su cuarto era una biblioteca y él su ratón.

Matt continuó a estudiar como si nada hubiera pasado y después de unas horas de lección, se llegó el momento de hablar con el rector. Le manifestó su in-

tención y su competencia en el tema. El rector lanzó varias misivas para asegurarse de no estar cometiendo un error, y finalmente accedió. Tomó el teléfono y confirmó con algún monseñor de la curia que el sacerdote amnésico estaba listo para celebrar su primera misa después del accidente. Era digno de celebrar los sagrados misterios. Mentira litúrgica, similar a la respuesta que los formadores dan a los obispos en las ordenaciones sacerdotales de sus seminaristas.

—Dijeron que sí —dijo sonriendo.

—¿De qué se ríe?

—¿Sabes cómo te llaman en el Vaticano?

—No.

—*L´americano smemorato.*

No le causó gracia, pero tampoco le importaba. Estaba emocionado. Cuando caminaba a su habitación, leía y releía la invitación café.

"Concelebración Eucarística con el Santo Padre Francisco. Fiesta del Corpus Christi. Basílica de San Pedro."

En algún lugar en los espacios entre puntos y mayúsculas estaba él. La invitación confundía los límites entre la alegría y el nerviosismo.

En cuanto apuntó la primera luz del día, comenzó a repasar. Recorría el rito de la misa como si se tratara de un nuevo record. No le importaba nada más. Era el fin de una era, y el comienzo de una nueva. Si lograba pasar la prueba y conseguía el permiso para continuar su ministerio, comenzaría de nuevo. Volvería a nacer. Sólo le faltaría terminar de tomar las cápsulas de materias que le preparaban los profesores cada mañana, y estaría listo para emprender su aventura. Celebraría su primera misa, primera de muchas. Un sacerdote que no recordaba su ordenación. Parecía leyenda negra.

Al día siguiente, de camino a la ceremonia, no paraba de musitar de memoria las partes de la misa. No quería equivocarse. Intentaba concentrarse en la experiencia espiritual que lo llamaba a encerrarse en su interior, tragarse la llave y no salir de ahí. Las palmas de las manos le sudaban sólo de pensar en lo que venía. Quería unirse a Dios de manera total y pertenecerle sólo a Él. Era su forma de mostrárselo. Tal vez no recordara toda su historia con Él, pero su intento era un grito que reconocía a Dios como dueño y Señor de su vida y de su historia. Quería serle fiel en lo próspero y en lo adverso, en la salud y en la enfermedad. Amarlo todos los días de su vida. Estaba totalmente consumido por esos ardorosos deseos, cuando por fin llegaron a la basílica.

Dos guardias suizos vestidos con su uniforme de gala se cuadraron y saludaron militarmente a los sacerdotes, mientras éstos cruzaban una de las puertas laterales y se dirigían a la sacristía. Para los guardias era la escena de todos los días: sacerdotes entrando a la basílica vaticana con una maletita, negra, para variar, colgando de sus manos. La única cosa que distinguía a Matt de los demás era el rostro ojeroso de no dormir. Todos se envolvían en ornamentos sagrados, algunos en silencio y otros con la ágil y discreta distracción de la rutina. Nadie se imaginaba que uno de ellos celebraba una primera misa que no era la primera. Sólo Dios podía saber la devoción con que su alma temblaba ante tan grande misterio. Era el día de la verdad.

Sonó el majestuoso y despampanante órgano de la basílica de San Pedro, despertando a las estatuas y a los fieles. Las luces iluminaron hasta las más escondidas sombras barrocas del recinto sagrado, deslizándose por las columnas y abriéndose paso hasta la procesión que avanzaba por el pasillo central hacia el altar mayor. La basílica se volvió más enorme que nunca. Matt caminaba en medio del ejército blanco y conocía los pasos al dedillo. Se perdió entre novatos y experimentados. Se veía flotar su cabellera rubia y su mechón en guardia, seguidos por otras cabezas, unas oscuras, otras blancas y otras desiertas. Era un mosaico más, dentro de la multiforme tropa de hombres de Iglesia. Todos diferentes pero todos iguales. Paradojas del Espíritu.

—El Señor esté con ustedes.

—Y con tu Espíritu.

Comenzó la misa.

En la homilía el Papa hablaba de la Eucaristía. Matt lo escuchaba enajenado, con una atención infranqueable. El encierro de sus recuerdos había fortalecido su mente. Tal vez no podía controlar la salida de los encarcelados, pero sí la entrada de nuevos inquilinos. Aseguró la entrada y dejaba pasar sólo a quien él consideraba conveniente. Era su juego, sus reglas.

—"Ya nos decía el Santo Papa Juan Pablo II: La memoria es la facultad que fragua la identidad de los seres humanos, tanto en lo personal como en lo colectivo".

Las palabras bajaron de su mente al corazón, y comenzaron a pellizcarlo. Aunque pareciera broma, el Papa le hablaba a él. O no. A él no. Era un conjuro para su memoria.

—"A través de ella se forma y se concretiza en la psique de la persona el sentido de identidad. Entre tantos comentarios interesantes que oí en aquel simposio, hubo uno que me llamó poderosamente la atención. Cristo conocía esta ley de la memoria y recurrió a ella en un momento clave de su misión. Cuando instituyó la Eucaristía durante la Última Cena, dijo: "Haced esto en recuerdo mío". La memoria evoca recuerdos. Así pues, la Iglesia es de algún modo la memoria viva. Esta memoria se realiza mediante la Eucaristía. En consecuencia, los cristianos celebrando la Eucaristía descubren continuamente su propia identidad. Permite al hombre entenderse a sí mismo desde sus más profundas raíces, y al mismo tiempo, en perspectiva última de su humanidad."

Las simas de sus ojos se convirtieron en túneles, y su mirada se perdió en el último rincón de la basílica más bella del mundo. Veía en el fondo la gloria de Bernini y el Espíritu Santo aleteando detrás del Papa. Todo en su alrededor desapareció y cada letra pronunciada por el hombre vestido de blanco hervía todo lo que llevaba guardado desde el accidente.

Siguió la misa, pero Matt continuaba en piloto automático. Las palabras del Papa que habían acampado en él minutos atrás, iban saliendo disparadas cuando querían, sin avisar ni formar fila. Sólo salían. Volaban, daban algunas vueltas y cuando regresaban salían otras. Memoria, identidad, se realiza, entenderse, raíces, Eucaristía, ley, haced esto...

Sólo el movimiento de los demás sacerdotes pudo rescatarlo de su éxtasis. Estaban por comenzar la plegaria Eucarística. Llegó el momento de la consagración. La hora en que se unían el cielo y la tierra. El pan y el vino se convertían en Cuerpo y Sangre de su Señor, y eso pasaría a través de sus temblorosas y sudadas manos. Extendió la mano y enhebró las palabras más poderosas que pueden pronunciarse sobre la tierra.

—Tomad y comed. Éste es mi cuerpo...

—Tomad y bebed, éste es mi cáliz.... Sangre de la alianza... perdón de los pecados. Haced esto en memoria mía.

No se sabe si su cuerpo también se movió. Por lo que respecta a lo que vio, fue como un viaje astral. Como si su mente se hubiera subido a un tren, y hubiera recorrido catorce años en un segundo. Veía un pase de imágenes a la velocidad de la luz. Una iridiscente cadena de recuerdos. Se embatían unos con otros, empujándose por ver quién emergía primero a la superficie. Todos querían salir al mismo tiempo. Como piezas enfiladas de dominó se derrumban en cadena sin que nadie las detuviera. Fue una explosión de recuerdos, pero esta vez iban detonando por orden. Auburn, Debbie, su familia, Nueva York, *New York Times*, Padre David, fiestas, amigos, San Patricio, seminario, clases, estudio, oración, Roma, hermanos, compañeros, sacerdotes, Frosinone, ordenación.

A estos se le sumaban los nuevos recuerdos, los últimos. Era un menjurje de vivencias, que poco a poco se vaciaba de nuevo en los anaqueles de una memoria sana y libre. Todo regresó en cuestión de segundos. Regresó a la normalidad. Su memoria volvía a latir, con sangre viva color bermellón corriendo por sus venas. La irrupción le hizo voltear hacia la zona donde estaban sus compañeros. Recordaba a todos, con nombres y apellidos, e incluso anécdotas personales con ellos.

Continuó su primera misa, pronunciando como podía, ahogándose en lágrimas y recuerdos. A pesar de que se moría por contarle a todo el mundo, no había otro lugar mejor que ese. Estaba en su casa, con su amado Señor, celebrando misa. Era sacerdote. De nuevo sacerdote. Siempre lo había sido, sólo que no lo recordaba. Juan Pablo II tenía razón. De ahora en adelante nunca más lo olvidaría. La memoria evoca recuerdos y la Eucaristía es la memoria del cristiano. Haced esto en recuerdo mío.

EPÍLOGO

Estimado lector:

Tienes en tus manos una novela de ficción que juega con la doble experiencia del olvido y el recuerdo de un sacerdote que ha perdido la memoria. Las páginas entrañan, además de la trama, un contenido espiritual claro. Muy probablemente lo has descubierto y te habrá revelado su misterio. Ese descubrimiento te ayudará a dar pasos interesantes en tu proceso cognitivo y vocacional.

La recuperación del pasado. Matt, el personaje principal, vive entre el olvido y la memoria. En su proceso de amnesia y de rememoración va recuperando dos elementos fundamentales de su pasado: el pasado juvenil y secular y también el pasado espiritual y sacerdotal. El diálogo entre estos dos mundos compromete la unicidad de su persona. Es riesgoso vivir la vida en la clave de un antes y un después. La experiencia de Matt le ayuda a identificar una sola vida. Cuando Dios te llama no lo hace para que seas distinto de lo que ya eras, sino contando con todo aquello que es parte de tu personalidad.

La experiencia del olvido. Matt olvida a causa de un accidente. Cuando los demás olvidamos, lo hacemos también con cierto sentido accidental. Dejamos caer la memoria de lo que Dios ha hecho con nosotros. Y a veces sufrimos amnesias profundas que nos impiden dar un paso adelante en la fidelidad a nuestra vocación y misión. ¿Quién conserva la memoria lúcida y agradecida que mostraba Jesús en relación con su Padre y que vivieron tantos santos a lo largo de la historia? ¿Quién no está necesitado, en cierta medida, de una conversión de la memoria? Nuestros frecuentes olvidos son la ocasión para ello.

El recuerdo y la memoria. Si el olvido vino por accidente, el recuerdo ha vuelto por la densidad de una presencia y en definitiva por el amor. La presencia del amigo incondicional, de la madre adoptiva, del Cristo mudo, pero sobre todo la presencia viva de Jesús en la Eucaristía. La conversión de nuestra memoria nunca sucede por casualidad. Precisamente por eso la memoria nos da identidad. Todos necesitamos contemplar la novedad de Dios para restituir lo profundo de nuestra memoria y dejarnos amar.

El conocimiento holístico. Andrew, el amigo fiel de Matt, le dice en un momento una frase cargada de sentido: El mar no tiene memoria y sin embargo está vivo y ha sido protagonista de miles de historias, de batallas, de travesías, de viajes inolvidables. No sólo conocemos con nuestra inteligencia, sino con todo lo que somos. Es lo que significa esa palabra dominguera: holístico. El conocimiento es holístico porque nos ayuda a tomar decisiones que comprometen nuestra inteligencia, nuestra afectividad, nuestra voluntad, nuestra imaginación, es decir, todo lo que somos. Así es la decisión vocacional. Así toman decisiones quienes han aprendido a amar. No lo tienen todo claro, no sólo obedecen a una lista de pros y contras, sino que dan un paso adelante confiando la propia vida en manos de otros. Y por eso es posible recordar, incluso cuando hemos descuidado nuestra memoria.

El amor que ilumina el corazón. Surge con una gran fuerza el amor que ilumina el interior de nuestro personaje. Es muy claro que no se trata del amor que brota de sí mismo y que en ese momento estaba oscurecido por una pérdida de la memoria que parecía definitiva. Se trata más bien del amor que viene del Otro, ese amor que no se puede negar porque está allí amando. El reto más profundo de la vida espiritual no consiste en sufrir, ni siquiera en amar, sino en dejarse conducir, en recibir el amor. Lo más importante en el caso de Matt, y de cada uno de nosotros, es dejarse amar nuevamente.

La novela es una ficción, pero retrata bien una necesidad profunda que se da en nuestra vida espiritual: la necesidad de recordar, la conversión de nuestra memoria. Esto es especialmente importante para las personas que han consagrado a Dios toda su vida. Tal vez por eso se goza mucho en su lectura: porque son líneas escritas por un joven de hoy que todos los días descubre una llamada de Dios y responde a ella para amar a sus hermanos.

Jorge Carlos Patrón Wong
Arzobispo-Obispo emérito de Papantla
Secretario para los Seminarios
Congregación para el Clero

Agradecimientos

Una novela es un sueño que se hace letra. Y más la primera. Pero para que este sueño naciera, muchos tuvieron que intervenir. Primero, Dios, el creador de mis sueños, a quien agradezco la inspiración inicial y las sucesivas, y a quien le pido que me siga regalando más sueños. Gracias a mis padres y hermanos, por dar vida a este soñador, y por ser mis primeros y más fieles lectores. Sobre todo a Mariana, por las correcciones tan detalladas y acertadas a la novela. A Carlos, a Eric, a Manuel, a Jefferson y a Santiago por enseñarme y corregirme como sólo los amigos lo saben hacer. A Álvaro, por su atenta y detallada revisión. A Matt y a Andrew, compañeros de batallas, por inspirar a los personajes principales del libro. A Daniel, Pau, Emilio, Velia y tantos otros que dieron a la obra un toque de realismo. A Esteban por motivarme a seguir escribiendo. A Lorea, Rebeca, Sergio, Pepe, Brian y David, embajadores de Dios y de María, por recordarme y revivir en mí la dimensión esponsal de mi consagración a Dios. A Jonathan por su paciente dedicación con la portada. A la señora Paty, por su generosidad y confianza que hicieron posible el nacimiento de esta obra. A la Editorial Garabatos por creer en el proyecto y darle la envoltura final. A Mons. Jorge, por su paternal cercanía y apoyo, que se encarnó en el magistral epílogo, como un sello de garantía. A mis hermanos legionarios, verdaderos protagonistas de esta y otras tantas historias.

Índice

El último recuerdo de Javier Gaxiola
se terminó de imprimir en abril de 2015
en los talleres de EDITORIAL GARABATOS S.A. de C.V.
Hermosillo, Sonora, México.
Teléfono: (662) 213-25-85
garabatoseditorial@hotmail.com